丰子恺

著

礼俗之美

丰子恺岁时书

长江出版社
CHANGJIANGPRESS

天河世纪·名家典藏

冬日可爱

人散后 一钩新月天如水

新年怀旧（代序）

丰子恺

我似觉有二十多年不逢着"新年"了。因为近二十多年来，我所逢着的新年，大都不像"新年"。每逢年底，我未尝不热心地盼待"新年"的来到；但到了新年，往往大失所望，觉得这不是我所盼待的"新年"。我所盼待的"新年"似乎另外存在着，将来总有一天会来到的。再过半个月，新年又将来临。料想它又是不像"新年"的，也无心盼待了。且回想过去吧。

我所认为像"新年"的新年，只有二十多年前，我幼时所逢到的几个"新年"。近二十多年来，我每逢新年，全靠对它们的回忆，在心中勉强造出些"新年"似的情趣来，聊以自慰。回忆的力一年一年地薄弱起来。现在若不记录一些，恐怕将来的新年，连这点聊以自慰的空欢也没有了。

当阳历还被看作"洋历"，阴历独裁地支配着时间的时代，新年真是一个极盛大的欢乐时节！一切空气温暖而和平，一切人公然地嬉戏。没有一个人不穿新衣服，没有一个人不是新剃头。尤其是我，正当童年时代，不知众苦，但有一切乐。我的新年的欢乐，始于新年的eve（前夕）。

大年夜的夜饭，我故意不吃饱，留些肚皮，用以享受夜间游乐中的小食，半夜里的暖锅，和后半夜的接灶圆子。吃过夜饭，店里的柜台上就点着一对红蜡烛，一只风灯。红蜡烛是岁烛，风灯是供给往来的收账人看账目用的。从黄昏起，直至黎明，街上携着灯笼收账的人络绎不绝。来我们店里收账的人，最初上门来，约在黄昏时，谈了些寒暄，把账簿展开来看一看，大约有多少，假如看见管账先生不拿出钱来，他们会很客气地说一声"等一会儿再算"，就告辞。第二次来，约在半夜时。这会拿过算盘来，确实地决算一下，打了一个折扣，再在算盘上抹脱了零头，得到一个该付的实数。倘我们的管账先生因为自己的店账没有收齐，回报他们说"再等一会儿付款"，收账的人也会很客气地满口答允，提了灯笼又去了。第三次来时，约在后半夜。有的收清账款，有的反而把旧欠放弃不收，说道"带点老亲"。于是大家说着"开年会"，很客气地相别。我们的收账员，也提了灯笼，向别家去演同样的把戏，直到后半夜或黎明方才收清。这在我这样的孩子们看来，真是一年一度的难得的热闹。平日天一黑就关门。这一天通夜开放，灯火满街。我们但见一班灯笼进，一班灯笼出，店堂里充满着笑语和客气话。心中着实希望着账款不要立刻付清，因此延长一点夜的闹热。在前半夜，我常常跟了我们店里的收账员，向各店收账。每次不过是看一看数目，难得收到钱。但遍访各店，在我是一种趣味。他们有的在那里请年菩萨，有的在那里准备过新年。还有的已经把年夜当作新年，在那里掷骰子，欢呼声充满了店堂的里面。有的认识我是小老板，还要拿本店的本产货的食物送给我吃，表示亲善。我吃饱了东西回到家里，里面别是一番热闹：堂前点着岁烛和保险灯。灶间里拥着大批人看放谷花。放的人一手把糯米谷撒进镬子里去，一手拿着一把稻草不绝地在镬子底下撩动。那些糯米谷得了热气，起初"啪、啪"地爆响，后来米脱出了谷皮，渐渐膨胀起来，终于放得像朵朵梅花一样。这些梅花在环视者的欢呼声中出了镬子，就被拿到厅上的桌子上去挑选。保险灯光下的八仙桌，中央堆了一大堆谷花，四周围着张开笑口的男女老幼许多人。你一堆，我一堆，大家竞把砻糠剔去，拣出纯白的谷花来，放在一只竹篮里，预备新年里泡糖茶请客人吃。我也参加在这人丛中；但我的任务不是拣而是吃。那白而肥的谷花，又香又燥，比炒米更松，比蛋片更脆，又是一年中难得尝到的异味。等到拣好了谷花，端出暖锅来吃半夜饭的时候，我的肚子已经装饱，只为着吃后的"毛草纸揩嘴"的兴味，勉强凑在桌上。所谓"毛草纸揩嘴"，是每年年夜例行的一种习惯。吃过年夜饭，家里的母亲乘孩子们不备拿出预先准备着的老毛草纸向孩子们口上揩抹。其意思是把嘴当作屁眼，这一年里即使有不吉利的话出口，也等于放屁，不会影响事实。但孩子们何尝懂得这番苦心？我们只是对于这种恶戏发生兴味，便模仿母亲，到茅厕间里去拿张草纸来，公然地向同辈，甚至长辈的嘴上去乱擦。被擦者决不忿怒，只是掩口而笑，或者笑着逃走。于是我们擎起草纸，向后面追赶。不期正在追赶的时候，自己的嘴却被第三者用草纸揩过了。于是满堂哄起热闹的笑声。

夜半过后在时序上已经是新年了；但在习惯上，这五六个小时还算是旧年。我们于后半夜结伴出门，各种商店统统开着，街上行人不绝，收账的还是提着灯笼幢幢来往。但在一方面，烧头香的善男信女，已经携着香烛向寺庙巡礼了。我们跟着收账的，跟着烧香的，向全镇乱跑。直到肚子跑饿，天将向晓，然后回到家里来吃了接灶圆子，怀着了明朝的大欢乐的希望而酣然就睡。

元旦日，起身大家迟。吃过谷花糖茶，白日的乐事，是带了去年底预先积存着的零用钱，压岁钱，和客人们给的糕饼钱，约伴到街上去吃烧卖。我上街的本意不在吃烧卖，却在花纸儿和玩具上。我记得，似乎每年有几张新鲜的花纸儿给我到手。拿回家来摊在八仙桌上，引得老幼人人笑口皆开。晏晏地吃过了隔年烧好的菜和饭，下午的兴事是敲年锣鼓。镇上备有锣鼓的人家不很多；但是各坊都有一二处。我家也有一副，是我的欢喜及时行乐的祖母所置备的。平日深藏在后楼，每逢新年，拿到店堂里来供人演奏。元旦的下午，大街小巷，鼓乐之声遥遥相应。现在回想，这种鼓乐最宜用为太平盛世的点缀。丝竹管弦之音固然幽雅，但其性质宜于少数人的清赏，非大众的。最富有大众性的乐器，莫如打乐（打击乐器）。俗语云："锣鼓响，脚底痒。"因为这是最富有对大众的号召力的乐器。打乐之中，除大锣鼓外，还有小锣、班鼓、檀板、大铙钹、小铙钹等，都是不能演奏旋律的乐器。因此奏法也很简单，只是同样的节奏的反复，不过在轻重缓急之中加以变化而已。像我，十来岁的孩子，略略受人指导也能自由地参加新年的鼓乐演奏。一切音乐学习，无如这种打乐之容易速成者。这大概也是完成其大众性的一种条件吧。这种浩荡的音节，都是暗示昂奋的、华丽的、盛大的。在近处听这种音节时，听者的心会忙着和它共鸣，无暇顾到他事。好静的人所以讨厌打乐，也是为此。从远处听这种音节，似觉远方举行着热闹的盛会，不由你的心不向往。好群的人所以要脚底痒者，也正是为此。试想：我们一个数百户的小镇同时响出好几处的浩荡的鼓乐来，云中的仙人听到了，也不得不羡慕我们这班盛世黎民的欢乐呢。

新年的晚上，我们又可从花炮享受种种的眼福。最好看的是放万花筒。这往往是大人们发起而孩子们热烈赞成的。大人们一到新年，似乎袋里有的都是闲钱。逸兴到时，斥两百文购大万花筒三个，摆在河岸一齐放将起来。河水反照着，映成六株开满银花的火树，这般光景真像美丽的梦境。东岸上放万花筒，西岸上的豪侠少年岂肯袖手旁观呢？势必响应在对岸上也放起一套来。继续起来的就变花样。或者高高地放几十个流星到天空中，更引起远处的响应；或者放无数雪炮，隔河作战。闪光满目，欢呼之声盈耳，火药的香气弥漫在夜天的空气中。当这时候，全镇的男女老幼，大家一致兴奋地追求欢乐，似乎他们都是以游戏为职业的。独有爆竹业的人，工作特别忙。一新年中，全镇上此项消费为数不小呢：送灶过年、接灶、接财神、安灶……每次斋神，每家总要放炮，数百鞭炮。此外万花筒、流星、雪炮等观赏的消耗，更无限制。我的邻家是业爆竹的。我幼时对于爆竹店，比其余一切地方都亲近。自年关附近至新年完了，差不多每天要访问爆竹店一次。这原是孩子们的通好，不过我特别热心。我曾把鞭炮拆散来，改制成无数的小万花筒，其法将底下的泥挖出，将头上的引火线拔下来插入泥孔中，倒置在水槽边上燃放起来，宛如新年夜河岸上的光景。虽然简陋，但神游其中，不妨想象得比河岸上的光景更加壮丽。这种火的游戏只限于新年内举行，平日是不被许可的。因此火药气与新年，在我的感觉上有不可分离的关联。到现在，偶尔闻到火药气时，我还能立刻联想到新年及儿时的欢乐呢。

二十多年来，我或为负笈，或为糊口，频频离开故乡。上述的种种新年的点缀，在这二十多年间无形无迹地渐渐消灭起来。等到最近数年前我重归故乡息足的时候，万事皆非昔比，新年已不像"新年"了。第一，经济衰落与农村破产凋敝了全镇的商业。使商店难于立足，不敢放账，年夜里早已没有携了灯笼幢幢往来收账的必要了。第二，阴历与阳历的并存扰乱了新年的定标，模糊了新年的存在。阳历新年多数人没有娱乐的勇气，阴历新年又失了娱乐的正当性，于是索性废止娱乐。我们可说每年得逢两度新年；但也可说一度也没有逢，似乎新年也被废止了。第三，多数的人生活局促，衣食且不给，遑论新年与娱乐？故现在的除夜，大家早早关门睡觉，几与平日无异。现在的新年，难得再闻鼓乐之声。现在的爆竹店，只卖几个迷信的实用上所不可缺的鞭炮，早已失去了娱乐品商店的性质。况且战乱频仍，这种迷信的实用有时也被禁，爆竹商的存在亦已岌岌乎了。

我们的新年，因了阴阳历的并存而不明确；复因了民生的疾苦而无生气，实在是我们的生活趣味上的一大缺憾！我不希望开倒车回复二十多年前的儿时，但希望每年有个像"新年"的新年，以调剂一年来工作的辛苦，恢复一年来工作的疲劳。我想这像"新年"的新年一定存在着，将来总有一天会来到的。

廿四年（1935）十二月十三日作

（原载1936年1月1日《宇宙风》第1卷第8期）

目　录
Contents

草草杯盘供语笑　昏昏灯火话平生

元旦

年已经过了！父亲派工人送叶心哥哥归家。我们送他出了门，各自去睡觉。我梦到「美意延年」的画境里，在那松下海边盘桓了多时。醒来时，元旦的初阳已照在我的床上了。

茶店一角

花纸儿

　　华明在庭中的雪地里小便，他父亲——华先生——罚他在家里读书。弟弟同情于华明的受罚，早就对我说，想和我一同去望望他。但他因为那天冒雪到外婆家走了一趟，得了重伤风，母亲不许他出门。今天他好全了，才同我去看华明。

　　我们出门时，母亲吩咐我说："逢春，今天是阴历元旦。虽然阴历已被废了①，但我们乡下旧习未除。倘使华先生家正在招待贺年的客人，你们应该早早告辞，不要也在那里扰闹他们。"我答应了，就同弟弟出门。

　　弟弟不走近路，却走庙弄，穿过元帅庙，绕道向华家。我知道他想看看阴历元旦市上的热闹。我们穿过庙弄时，看见许多店都关门，门前摆着些吃食担、花纸摊、玩具摊。路上挤着许多穿新衣服的乡下人，男女老幼都有。他们一面推着背慢慢地走，一面仰头看摊上的花样。我但见红红绿绿的衣裳，和红红绿

---

　　① 注：曾一度废除阴历，提倡阳历。

绿的花纸玩具一样刺目。觉得真是难得见到的景象。到了庙里，又见一堆一堆的人，有的在看戏法，有的在看"洋画"。弟弟奇怪起来，问我："他们这种事体为什么不提早一个多月，在国历元旦举行？难道这种事体一定要在今天做的？"我说："'旧习未除'，母亲刚才不是说过的么？"弟弟凶起来："什么叫'旧习'？都是人做的事，人自己要改早，有什么困难？"我不同他辩了。心中但想：倘使中国的人个个同弟弟一样勇敢而守规矩，我们的国耻不难立刻雪尽，我们的失地不难立刻收回，何况阴历改阳历这点小事呢？眼前这许多大人，我想都是从弟弟一样的孩子长大来的；为什么大家都顽固而不守规矩呢？心中觉得很奇怪。一边想，一边走，不觉已到了华家的门前。

走进门，华师母笑着迎接我们，叫我们坐。随后喊道："明儿！你的好朋友来了！"华明从内室出来，见了我们，便笑着邀我们到里面去坐。他的下唇上涂着许多黑墨，证明他今天早上已经习过字了。我们走进他的房间，弟弟便问："华明，你这样用功，一早就写字？"华明摇摇头，自顾自地说道："你们来得很好，我气闷得很，正想有朋友来谈谈。"就拉我们到他的书桌旁去坐，自己却匆匆地出去了。我看见他的房间小而精。除桌椅和书橱外，壁上妥帖地挂着两张画和一条字的横幅。其中一幅画是印刷的西洋画，我记得曾在叶心哥哥的画册中看见过，是法国画家米勒作的《初步》，里面画着农家的父母二人正在教一孩子学步。还有一幅水彩画的雪景，我看出是华先生所描的。横幅中写着笔画很粗的四个字"美以润心"。旁边还有些小字。我正在同弟弟鉴赏，华明端了茶和糖果进来，随手将门关上，然后把茶和糖果分送我们吃。

使我惊奇的是，他的门背后挂着一张时装美女月份牌——华先生所最不欢喜的东西。这东西与其他的字画很不调和。弟弟就质问华明。华明高兴地说："你看这月份牌多么漂亮！可是我的爸爸不欢喜它，不许我挂。他强迫我挂这些我所不欢喜的东西（他用手指点壁上的《初步》《雪景》和《美以润心》），于是我只得把它挂在门背后，不让他看见。我还有好的挂在橱门背后呢！"他说着就立起身来，走到书橱边，把橱门一开。我们看见橱门背后也挂着一张月份牌，内中画的是一个古装美人，色彩是非常华丽的。弟弟说："你老是喜欢这种华丽的东西。"华明说："华丽不是很好的么？把这个同墙上的东西比比看，这个好看得多呢。我爸爸的话，我实在不赞成。他老是欢喜那种粗率的、糊里糊涂的画，破碎的、歪来歪去的字和一点也不好看的风景，我真不懂。那一天，我在雪地里小便了一下，他就大骂我，说什么'不爱自然美''没有美的修养''白白地学了美术科'……后来要我在寒假里每天写大字，并且叫姆妈到你家借书来罚我看。我那天的行为，自己也知道不对。但我心里想，雪有什么可爱？冰冷的，潮湿的，又不是可吃的米粉，何必这样严重地骂我，又罚我。我天天写字，很没趣。字只要看得清楚就好，何必费许多时间练习？至于那本书，《阳光底下的房子》，我也看不出什么兴味来，不过每天勉强读几页。"于是我问他："那么你这几天住在屋里做些什么呢？"他说："我今天正在算一个问题。这是很有兴味的一个问题。你知道：一个一个地加上去，加满一个十三档算盘，需要多少时光？"我们想了一会儿，都说不出答案来。最后弟弟说："怕要好几个月吧？"他说："好几个月？要好几万年呢！这不是一个很有兴味的问题么？"他忽然改变了口气说："我还有很好看的画呢！"说着，掀起他的桌毯，抽开抽斗，拿出一卷花纸儿来。一张一张地给我们看，同时说："这是昨夜才买来的。我爸爸又不欢喜它们，所以我把它们藏在抽斗里。"

　　我们一看就知道这就是刚才我们在庙弄里所见的东西。因为难得看见，我们也觉得很有兴味。华明便津津有味地指点给我们看。他所买的花纸儿很多。有《三百六十行》《吸鸦片》《杀子报》《马浪荡》等，都是连续画，把一个故事分作数幕，每幕画一幅，顺次展进，好像电影一般。还有满幅画一出戏剧的，什么《水战芦花荡》《会审玉堂春》等，统是戏台上的光景。

我看了前者觉得可笑。因为人物的姿态，大都描得奇形怪状。看了后者觉得奇怪。许多人手拿桨儿跟着一个大将站在地上，算是"水战"，完全是舞台上的光景的照样描写。这到底算戏剧，还是算绘画？总之这些画全靠有着红红绿绿的颜色，使人一见似觉华丽。倘没有了颜色，我看比我们的练习画还不如呢。华明如此欢喜它们，我真不懂。弟弟看了，笑得说不出话来。华明以为他欢喜它们，就说送他几张，教弟弟自选。弟弟推辞，华明强请。我说："既然你客气，我代他选一张吧。"便把没有大红大绿而颜色文雅的一张拿了。华明说："这是二十四孝图，共有两张呢。"就另外捡出一张来，一同送给我。这时候，我听见外室有客人来，华师母正在应接。我和弟弟便起身告辞。华明说抽斗里还有许多香烟牌子，要我们看了去。我们说下次再看吧。

回到家里，母亲把二十四孝图中的故事一个一个讲给我们听。我觉得故事很好笑。像"陆绩怀橘遗亲"，做了贼偷东西来给爷娘吃，也算是孝顺？母亲又指出三幅最可笑的图："郭巨为母埋儿""王祥卧冰得鲤""吴猛恣蚊饱血"。她说："陆绩为了孝而做贼，还在其次呢。像郭巨为了孝而杀人；王祥为了孝，不顾自己冻死、溺死；吴猛为了孝，不顾自己被蚊子咬死，才真是发疯了。"弟弟指着画图说："这许多蚊子叮在身上，吴猛一定要生疟疾和传染病而死了！"母亲笑得抚他的肩，说道："你大起来不要这样孝顺我吧！"我记得弟弟那天读了《新少年》创刊号的《文章展览》中的《背影》，很是感动，对我说："姐姐，我们将来切不要'聪明过分'！"我知道弟弟一定孝亲，但一定不是二十四孝中的人。

　　讲起华明，母亲说这个孩子太缺乏趣味，对于美术全然不懂。他的父亲倒是很好的美术教师，将来也许会感化他。

载于1936年2月10日《新少年》第一卷第三期

新春试笔

岁历更新，喜气充塞人间，我提起笔来，想写些感想，又觉得无从说起。忽见儿童穿着新衣吃甘蔗，便想起了顾恺之的一句话。晋朝有一位画家顾恺之，吃甘蔗时，总喜欢从梢上吃起，渐渐吃到根上。别人怪问他："梢上不甜，你为什么从梢上吃起？"他回答说："渐入佳境。"

我今已年近古稀，回想过去六十多年的生活，正像顾恺之吃甘蔗一样，渐入佳境。怎样"佳"法呢？且不说别的，单讲身体的健康情况吧。我从小多病，中年曾患眼疾，严重的角膜破裂，几乎失明；又患伤寒，几乎丧命；抗日战争时曾在贵州患痢疾，濒于危境；抗战胜利复员时又在陇海路上洛阳①旅舍中患时疫，几乎不能返乡。身体经过几次斲丧，弄得十分虚弱，真成了个所谓"东亚病夫"。同时精神也弄得萎靡不振，曾长期闭门谢客，日与茶灶药炉为伴，自叹不能永年了。岂知近十四年来，知命之

---

① "洛阳"，疑为"开封"之误。

后，反而日趋健康；到了如今耳顺之后，身体竟越来越好了：一年四季，茶甘饭软，酒美烟香；工作之余，还有充分余力应酬宾客，逗玩儿童，真所谓"不知老之将至"。古语云："老当益壮。"吾乡俗语云："甘蔗老头甜，越老越清健。"在从前，这些话原不过是勉励或安慰人心而已，但如今我却实际地做到了。

这是什么缘故呢？原因很简明：从前生活困难，忧患多端；而现在生活安定，精神舒畅故也。古语云："忧能伤人。"又云："心广体胖。"确是至理名言。在从前，社会黑暗，弱肉强食，不论是非，欺诈剥削，不讲公道，贪官肆虐，恶霸横行。因此为人在世，提心吊胆，战战兢兢，苟全性命。像我这么一个文人，既无产业，又无权势，全靠教书与写作度日，维持八口之家的生活，天天要担心衣食，提防失业，心中常常忧患恐惧，身体怎么会健康呢？我的眼疾，全是由于经常为衣食而写作到深夜所致。我的精神萎靡不振，长年闭居，实是由于恐怕这恶劣环境，深恐失足遭殃之故。过去我有许多消极的文和画，正是"愤世嫉俗"的表现。

新中国成立后，这黑暗社会变成了光明世界。我心中的忧患恐惧也忽然消散，变成了欢欣鼓舞。我在上海生活数十年，亲眼看见它由黑暗变成白昼，感动特别深刻，曾在上海解放十周年时吟一首长诗，其中有句云："盼到英勇解放军，虎口余生得保全。"又云："巩固主权明法令，肃清败类任贤能。十年生聚兼教训，都城面目焕然新。今朝庆祝乐无疆，饮水思源莫忘恩。"这和我过去愤世嫉俗的消极诗文恰恰相反，也由黑暗变成了光明。同时我的身体也就由虚弱变成了壮健。新中国的建设事业一年胜似一年，人民生活一年好似一年，我的身体也一年强似一年，真正是"返老还童"，前途光明。这情况不是我个人所特有的，画家齐白石、黄宾虹、姚虞琴、商笙伯等，都活到九十以上。上海文史馆中，今年有四位九十岁以上的老馆员。其中有一位还健步如飞。我比较起他们来，还只是个小弟弟呢！我的祖父只活三十三岁，我的父亲只活四十三岁，我年近古稀还在做小弟弟，可见我真是"强爷胜祖"的了。

身体好，工作成绩也好了。我现在担任上海中国画院院长，又兼任上海美术家协会主席。公余还有时间和精神来从事作画与作文。我的新作画集正在印刷中，不久可以出版，我又在翻译日本古典文学《源氏物语》。这是一千年前出世的一册一百多万字的古文长篇小说，分四册刊行，一年来我已译完一册，一九六三年夏季可以出版，预计一九六五年可以全部完成。完成之后，我一定还可做更多更好的工作。

身体好，游兴也好了。每年春秋佳日，我必偕老妻小女等同作游玩。大前年曾游黄山，黄山管理处的处长见我年老，定要我坐轿，我坚决拒绝，徒步登山，爬上海拔一千九百米的天都峰。前年我遍游江西各大城市，又上井冈山参观。去年也遨游江浙各名区。今年，明年，后年……我将继续游览我国名胜之地。

载1963年2月7日香港某报。据浙江文艺出版社、浙江教育出版社1992年6月版《丰子恺文集》文学卷排印。

接财神

年初一上午忙着招待拜年客人。街上挤满了穿新衣服的农民，男女老幼，熙熙攘攘，吃烧卖、上酒馆、买花纸（年画）、看戏法，到处拥挤，而最热闹的是赌摊。原来从初一到初四，这四天是不禁赌的。掷骰子、推牌九，还有打宝，一堆一堆的人，个个兴致勃勃，连警察也参加在内。下午街上较清，但赌摊还是闹热，有的通夜不收。

初二开始，镇上的亲友来往拜年。我父亲戴着红缨帽子，穿着外套，带着跟班出门。同时也有穿礼服的到我家拜年。如果不遇，留下一张红片子。父亲死后，母亲叫我也穿着礼服去拜年。我实在很不高兴。因为一个十一二岁的孩子穿大礼服上街，大家注目，有讥笑的，也有叹羡的，叫我非常难受。现在回想，母亲也是一片苦心。她不管科举已废，还希望我将来也中个举人，重振家声，所以把我如此打扮，聊以慰情。

正月初四，是新年最大的一个节日，因为这天晚上接财神。别的行事，如送灶、过年等，排场大小不定，有简单的，有丰盛的，都按家之有无。独有接财神，家家郑重其事，而且越是贫寒之家，排场越是体面。大约他们想：敬神丰盛，可以邀得神的恩宠，今后让他们发财。

接财神的形式，大致和过年相似，两张桌子接长来，供设六神牌，外加财神像，点起大红烛。但不先行礼，先由父亲穿了大礼服，拿了一股香，到下西弄的财神堂前行礼，三跪九叩，然后拿了香回来，插在香炉中，算是接得财神回来了。于是大家行礼。这晚上金吾放夜，市中各店通夜开门，大家接财神。所以要买东西，哪怕后半夜，也可以买得。父亲这晚上兴致特别好，饮酒过半，叫把谭三姑娘送的大万花筒放起来。这万花筒果然很大，每个共有三套。一枝火树银花低了，就有另一枝继续升起来，凡三次。谭福山做得真巧。……我们放大万花筒时，为要尽量增大它的利用率，邀请所有的邻居都出来看。作者谭福山也被邀在内。大家闻得这大万花筒是他作的，都向他看。……

（节选自《过年》一文）

上元

西湖的最美丽的姿态，为什么直到解放后才充分表现出来呢？这是因为旧时代的西湖，只能看表面（山水风景），不能想内容（人事社会）。

春节小景

正月十五

　　初五以后，过年的事基本结束。但是拜年，吃年酒，酬谢往还，也很热闹。厨房里年菜很多，客人来了，搬出就是。但是到了正月半，也差不多吃完了。所以有一句话："拜年拜到正月半，烂溏鸡屎炒青菜。"我的父亲不爱吃肉，喜欢吃素，我们都看他样。所以我们家里，大年夜就烧好一大缸萝卜丝油豆腐，油很重，滋味很好。每餐盛出一碗来，放在锅子里一热，便是最好的饭菜。我至今还是忘不了这种好滋味。但叫家里人照烧起来，总不及童年时的好吃，怪哉！

　　正月十五，在古代是一个元宵佳节，然而赛灯之事，久已废止，只有市上卖些兔子灯、蝴蝶灯等，聊以应名而已。

　　二十日，染匠司务下来①，各店照常开门做生意，学堂也开学。过年的笔记也就全部结束。

（节选自《过年》一文）

---

　　① 按作者家乡一带习惯，从浙东来到浙西，称为"下来"。

西湖春游

我住在上海，离杭州西湖很近，火车五六小时可到，每天火车有好几班。因此，我每年有游西湖的机会，而时间大都是春天。因为春天是西湖最美丽的季节。我很小的时候在家乡从乳母口中听到西湖的赞美歌："西湖景致六条桥，间株杨柳间株桃。……"就觉得神往。长大后曾经在西湖旁边求学，在西湖上作客，经过数十寒暑，觉得西湖上的春天真正可爱，无怪远离西湖的穷乡僻壤的人都会唱西湖的赞美歌了。

然而西湖的最美丽的姿态，直到解放之后方才充分地表现出来。解放后每年春天到西湖，觉得它一年美丽一年，一年漂亮一年，一年可爱一年。到了解放第九年的春天，就是现在，它一定长得十分美丽，十分漂亮，十分可爱。可惜我刚从病院出来，不能随众人到西湖去游春；但在这里和读者作笔谈，亦是"画饼充饥"，聊胜于无。

西湖的最美丽的姿态，为什么直到解放后才充分表现出来呢？这是因为旧时代的西湖，只能看表面（山水风景），不能想内容（人事社会）。换言之，旧时代西湖的美只是形式美丽，而内容是丑恶不堪设想的。

譬如说，你悠闲地坐在西湖船里，远望湖边楼台亭阁，或者精巧玲珑，或者金碧辉煌，掩映出没于杨柳桃花之中，青山绿水之间。这光景多么美丽，真好比"海上仙山"！然而你只能用眼睛来看，却切不可用嘴巴来问，或者用头脑来想。你倘使问船老大"这是什么建筑？""这是谁的别庄？"因而想起了它们的主人，那么你一定大感不快，你一定会叹气或愤怒，你眼前的"美"不但完全消失，竟变成了"丑"！因为这些楼台亭阁的所有者，不是军阀，就是财阀；建造这些楼台亭阁的钱，不是贪污来的，便是敲诈来的、剥削来的！于是你坐在船里远远地望去，就会隐约地看见这些楼台亭阁上都有血迹！隐约地听见这些楼台亭阁上都有被压迫者的呻吟声——这真是大煞风景！这样的西湖有什么美？这样的西湖不值得游！西湖游春，谁能仅用眼睛看看而完全不想呢？

旧时代的好人真可怜！他们为了要欣赏西湖的美，只得勉强屏除一切思想，而仅看西湖的表面，仿佛麻醉了自己，聊以满足自己的美欲。记得古人有诗句云："小亭闲可坐，不必问谁家。"我初读这诗句时，认为这位诗人过于浪漫疏狂。后来仔细想想，觉得他也许怀着一片苦心：如果问起这小亭是谁家的，说不定这主人是个坏蛋，因而引起诗人的恶感，不屑坐他的亭子。旧时代的人欣赏西湖，就用这诗人的办法，不问谁家，但享美景。我小时候的音乐老师李叔同先生曾经为西湖作一首歌曲。且不说音乐，光就歌词而论，描写得真是美丽动人！让我抄录些在这里：

看明湖一碧，六桥锁烟水。
塔影参差，有画船自来去。
垂杨柳两行，绿染长堤。
飐晴风，又笛韵悠扬起。
看青山四围，高峰南北齐。
山色自空濛，有竹木媚幽姿。

探古洞烟霞，翠扑须眉。

霅暮雨，又钟声林外起。

大好湖山如此，独擅天然美。

明湖碧，又青山绿作堆。

漾晴光潋滟，带雨色幽奇。

靓妆比西子，尽浓淡总相宜。

这歌曲全部，刊载在最近出版的《李叔同歌曲集》中。我小时候求学于杭州西湖边的师范学校时，曾经在李先生亲自指挥之下唱这歌曲的高音部（这歌曲是四部合唱）。当时我年幼无知，只觉得这歌词描写西湖景致，曲尽其美，唱起来比看图画更美，比实地游玩更美。现在重唱一遍，回味一下，才感到前人的一片苦心：李先生在这长长的歌曲中，几乎全部是描写风景，绝不提及人事。因为那时候西湖上盘踞着许多贪官污吏，市侩流氓；风景最好的地位都被这些人的私人公馆、别庄所占据。所以倘使提及人事，这西湖的美景势必完全消失，而变成种种丑恶的印象。所以李先生作这歌词的时候，掩住了耳朵，停止了思索，而单用眼睛来观看，仅仅描写眼睛所看见的部分。这样，六桥烟水、塔影垂杨、竹木幽姿、古洞烟霞、晴光雨色，就形成一种美丽的姿态，好比靓妆的西施活美人了。这仿佛是自己麻醉，自己欺骗。

采用这种办法，虽然是李先生的一片苦心，但在今天看来，实在是不足为训的！

然而李先生在这歌曲中，不能说绝不提及人事。其中有两处不免与人事有关：即"有画船自来去"，"笛韵悠扬起"。坐在这画船里面的是何等样人？吹出这悠扬的笛声的是何等样人？这不可穷究了。李先生只能主观地假定坐在画船里的是一群同他一样风流潇洒的艺术家，吹笛的是同他一样知音善感的音乐家；或者坐在画船里的是一群天真烂漫的游客，吹笛的是一位冰清玉洁的美人。这样，才可以符合主观的意旨，才可以增加西湖的美丽。然而说起画船和笛，在我回忆中的印象很不好。记得有一次我和几个朋友买舟游湖。天朗气清，山明水秀，心情十分舒适。

忽然邻近的一只船上吹起笛来，声音悠扬悦耳，使得我们满船的人都停止了说话而倾听笛韵。后来这只船载着笛声远去，消失在烟波云水之间了。我们都不胜惋惜。船老大告诉我们：这船里载着的是上海来的某阔少和本地的某闻人，他们都会弄丝弦，都会唱戏，他们天天在湖上游玩……原来这些阔少和闻人，都是我们所"久闻大名"的。我听到这些人的"大名"，觉得眼前这"独擅天然美"的"大好湖山"忽然减色；而那笛声忽然难听起来，丑恶起来，终于变成了恶魔的啸嗷声。这笛声亵渎了这"大好湖山"，污辱了我的耳朵！我用手撩起些西湖水来洗一洗我的耳朵。——这是我回忆旧时代西湖上的"画船"和"笛韵"时所得的印象。

小桌呼朋三面坐　留将一面与梅花

湖畔夜饮

前天晚上，四位来西湖游春的朋友，在我的湖畔小屋里饮酒。酒阑人散，皓月当空。湖水如镜，花影满堤。我送客出门，舍不得这湖上的春月，也向湖畔散步去了。柳荫下一条石凳，空着等我去坐。我就坐了，想起小时在学校里唱的春月歌："春夜有明月，都作欢喜相。每当灯火中，团团清辉上。人月交相庆，花月并生光。有酒不得饮，举杯献高堂。"觉得这歌词温柔敦厚，可爱得很！又念现在的小学生，唱的歌粗浅俚鄙，没有福分唱这样的好歌，可惜得很！回味那歌的最后两句，觉得我高堂俱亡，虽有美酒，无处可献，又感伤得很！三个"得很"逼得我立起身来，缓步回家。不然，恐怕把老泪掉在湖堤上，要被月魄花灵所笑了。

回进家门，家中人说，我送客出门之后，有一上海客人来访，其人名叫CT[①]，住在葛岭饭店。家中人告诉他，我在湖畔

---

① CT，即郑振铎。——编者注

① CT，即郑振铎。——编者注

025

看月，他就向湖畔去找我了。这是半小时以前的事，此刻时钟已指十时半。我想，CT找我不到，一定已经回旅馆去歇息了。当夜我就不去找他，管自睡觉了。第二天早晨，我到葛岭饭店去找他，他已经出门，茶役正在打扫他的房间。我留了一张名片，请他正午或晚上来我家共饮。正午，他没有来。晚上，他又没有来。料想他这上海人难得到杭州来，一见西湖，就整日寻花问柳，不回旅馆，没有看见我留在旅馆里的名片。我就独酌，照例倾尽一斤。

黄昏八点钟，我正在酩酊之余，CT来了。阔别十年，身经浩劫，他反而胖了，反而年轻了。他说我也还是老样子，不过头发白些。"十年离乱后，长大一相逢，问姓惊初见，称名忆旧容。"这诗句虽好，我们可以不唱。略略几句寒暄之后，我问他吃夜饭没有。他说，他是在湖滨吃了夜饭——也饮一斤酒——不回旅馆，一直来看的。我留在他旅馆里的名片，他根本没有看到。我肚里的一斤酒，在这位青年时代共我在上海豪饮的老朋友面前，立刻消解得干干净净，清清醒醒。我说："我们再吃酒！"他说："好，不要什么菜蔬。"窗外有些微雨，月色朦胧。西湖不像昨夜的开颜发艳，却有另一种轻颦浅笑，温润静穆的姿态。昨夜宜于到湖边赏月，今夜宜于在灯前和老友共饮。"夜雨剪春韭"，多么动人的诗句！可惜我没有家园，不曾种韭。即使我有园种韭，这晚上也不想去剪来和CT下酒。因为实际的韭菜，远不及诗中的韭菜好吃。照诗句实行，是多么愚笨的事呀！

女仆端了一壶酒和四只盆子出来，酱鸭、酱肉、皮蛋和花生米，放在收音机旁的方桌上。我和CT就对坐饮酒。收音机上面的墙上，正好贴着一首我写的、数学家苏步青的诗："草草杯盘共一欢，莫因柴米话辛酸。春风已绿门前草，且耐余寒放眼看。"有了这诗，酒味特别好。我觉得世间最好的酒肴，莫如诗句。而数学家的诗句，滋味尤为纯正。因为我又觉得，别的事都可有专家，而诗不可有专家。因为做诗就是做人。人做得好的，诗也做得好。倘说做诗有专家，非专家不能做诗，就好比说做人有专家，非专家不能做人，岂不可笑？因此，有些"专家"的诗，我不爱读。因为他们往往爱用古典，蹈袭传统；咬文嚼字，卖弄玄虚；扭扭捏捏，装腔作势；甚至神经过敏，出神见鬼，而非专家的诗，倒是直直落落，明明白白，天真自然，纯正朴茂，可爱得很。樽前有了苏步青的诗，桌上酱鸭、酱肉、皮蛋和花生米，味同嚼蜡；唾弃不足惜了！

我和CT共饮，另外还有一种美味的酒肴！就是话旧。阔别十年，身经浩劫。他沦陷在孤岛上，我奔走于万山中。可惊可喜、可歌可泣的话越谈越多。谈到酒酣耳热的时候，话声都变了呼号叫啸，把睡在隔壁房间里的人都惊醒。谈到二十余年前他在宝山路商务印书馆当编辑，我在江湾立达学园教课时的事，他要看看我的子女阿宝、软软和瞻瞻——《子恺漫画》里的三个主角，幼时他都见过的。瞻瞻现在叫作丰华瞻，正在北平北大研究院，我叫不到；阿宝和软软现在叫丰陈宝和丰宁馨，已经大学毕业而在中学教课了，此刻正在厢房里和她们的弟妹们练习评剧！我就喊她们来"参见"。CT用手在桌子旁边的地上比比，说："我在江湾看见你们时，只有这么高。"她们笑了，我们也笑了。这种笑的滋味，半甜半苦，半喜半悲。所谓"人生的滋味"，在这里可以浓烈地尝到。CT叫阿宝"大小姐"，叫软软"三小姐"。我说："《花生米不满足》《瞻瞻新官人，软软新娘子，宝姐姐做媒人》《阿宝两只脚，凳子四只脚》等画，都是你从我的墙壁上揭去，制了锌板在《文学周报》上发表的。你这老前辈对她们小孩子又有什么客气？依旧叫'阿宝''软软'好了。"大家都笑。人生的滋味，在这里又浓烈地尝到了。我们就默默地干了两杯。我见CT的豪饮，不减二十余年前。我回忆起了二十余年前的一件旧事，有一天，我在日升楼前，遇见CT。他拉住我的手说："子恺，我们吃西菜去。"我说"好的"。他就同我向西走，走到新世界对面的晋隆西菜馆楼上，点了两客公司菜，外加一瓶白兰地。吃完之后，仆欧送账单来。CT对我说："你身上有钱吗？"我说"有！"摸出一张五元钞票来，把账付了。于是一同下楼，各自回家——他回到闸北，我回到江湾。过了一天，CT到江湾来看我，摸出一张拾元钞票来，说："前天要你付账，今天我还你。"我惊奇而又发笑，说："账回过算了，何必还我？更何必加倍还我呢？"我定要把拾元钞票塞进他的西装袋里去，他定要拒绝。坐在旁边的立达同事刘薰宇，就过来抢了这张钞票去，说："不要客气，拿到新江湾小店里去吃酒吧！"大家赞成。于是号召了七八个人，夏丏尊先生、匡互生、方光焘都在内，到新江湾的小酒店里去吃酒。吃完这张拾元钞票时，大家都已烂醉了。此情此景，憬然在目。如今夏先生和匡互生均已作古，刘薰宇远在贵阳，方光焘不知又在何处。只有CT仍旧在这里和我共饮。这岂非人世难得之事！我们又浮两大白。

夜阑饮散，春雨绵绵。我留CT宿在我家，他一定要回旅馆。我给他一把伞，看他的高大的身子在湖畔柳荫下的细雨中渐渐地消失了。我想："他明天不要拿两把伞来还我！"

一九四八年三月廿八日夜于湖畔小屋

春在卖花声里

花朝

去年除夜买的一球水仙花，养了两个多月，直到今天方才开花。今春天气酷寒，别的花木萌芽都迟，我的水仙尤迟。因为它到我家来，遭了好几次灾难，生机被阻抑了。

水仙花

　　去年除夜买的一球水仙花，养了两个多月，直到今天方才开花。

　　今春天气酷寒，别的花木萌芽都迟，我的水仙尤迟。因为它到我家来，遭了好几次灾难，生机被阻抑了。

　　第一次遭的旱灾，其情形是这样：它于去年除夕到我家，当时因为我的别寓里没有水仙花盆，我特为跑到瓷器店去买一只纯白的瓷盘来供养它。这瓷盘很大，很重，原来不是水仙花盆。据瓷器店里的老头子说，它是光绪年间的东西，是官场中请客时用以盛某种特别肴馔的家伙。只因后来没有人用得着它，至今没有卖脱。我觉得普通所谓水仙花盆，长方形的，扇形的，在过去的中国画里都已看厌了，而且形式都不及这家伙好看。就假定这家伙是为我特制的水仙花盆，买了它来，给我的水仙花配合，形状色彩都很调和。看它们在寒窗下绿白相映，素艳可喜，谁相信这是官场中盛酒肉的东西？可是它们结合不到一个月，就要别离。

为的是我要到石门湾去过阴历年，预期在缘缘堂住一个多月，希望把这水仙花带回去，看它开花才好。如何带法？颇费踌躇：叫工人阿毛拿了这盆水仙花乘火车，恐怕有人说阿毛提倡风雅；把它装进皮箱里，又不可能。于是阿毛提议："盘儿不要它，水仙花拔起来装在饼干箱里，携了上车，到家不过三四个钟头，不会旱杀的。"我通过了。水仙就与盘暂别，坐在饼干箱里旅行。回到家里，大家纷忙得很，我也忘记了水仙花。三天之后，阿毛突然说起，我猛然觉悟，找寻它的下落，原来被人当作饼干，搁在石灰甏上。连忙取出一看，绿叶憔悴，根须焦黄。阿毛说"勿碍[①]"，立刻把它供养在家里旧有的水仙花盆中，又放些白糖在水里。幸而果然勿碍，过了几天它又欣欣向荣了。是为第一次遭的旱灾。

第二次遭的是水灾，其情形是这样：家里的水仙花盆中，原有许多色泽很美丽的雨花台石子。有一天早晨，被孩子们发现了，水仙花就遭殃：他们说石子里统是灰尘，埋怨阿毛不先将石子洗净，就代替他做这番工作。他们把水仙花拔起，暂时养在脸盆里，把石子倒在另一脸盆里，掇到墙角的太阳光中，给它们一一洗刷。雨花台石子浸着水，映着太阳光，光泽，色彩，花

---

① 注：意思即不要紧。

纹，都很美丽。有几颗可以使人想象起"通灵宝玉"来。看的人越聚越多，孩子们尤多，女孩子最热心。她们把石子照形状分类，照色彩分类，照花纹分类；然后品评其好坏，给每块石子打起分数来；最后又利用其形色，用许多石子拼起图案来。图案拼好，她们自去吃年糕了！年糕吃好，她们又去踢毽子了；毽子踢好，她们又去散步了。直到晚上，阿毛在墙角发见了石子的图案，叫道："咦，水仙花哪里去了？"东寻西找，发见它横卧在花台边上的脸盆中，浑身浸在水里。自晨至晚，浸了十来小时，绿叶已浸得发肿，发黑了！阿毛说"勿碍"，再叫小石子给它扶持，坐在水仙花盆中。是为第二次遭的水灾。

第三次遭的是冻灾，其情形是这样的：水仙花在缘缘堂里住了一个多月。其间春寒太甚，患难迭起。其生机被这些天灾人祸所阻抑，始终不能开花。直到我要离开缘缘堂的前一天，它还是含苞未放。我此去预定暮春回来，不见它开花又不甘心，以问阿毛。阿毛说："用绳子穿好，提了去！这回不致忘记了。"我赞成。于是水仙花倒悬在阿毛的手里旅行了。它到了我的寓中，仍旧坐在原配的盆里。雨水过了，不开花。惊蛰过了，又不开花。阿毛说："不晒太阳的缘故。"就掇到阳台上，请它晒太阳。今年春寒殊甚，阳台上虽有太阳光，同时也有料峭的东风，使人立脚不住。所以人都闭居在室内，从不走到阳台上去看水仙花。房间内少了一盆水仙花也没有人查问。直到次日清晨，阿毛叫了："哎哟！昨晚水仙花没有拿进来，冻杀了！"一看，盆内的水连底冻，敲也敲不开；水仙花里面的水分也冻，其鳞茎冻得像一块白石头，其叶子冻得像许多翡翠条。赶快拿进来，放在火炉边。久之久之，盆里的水融了，花里的水也融了；但是叶子很软，一条一条弯下来，叶尖儿垂在水面。阿毛说"乌者①"，我觉得的确有些儿"乌"，但是看它的花蕊还是笔挺地立着，想来生机没有完全丧尽，还有希望。以问阿毛，阿毛摇头，随后说："索性拿到灶间里去，暖些，我也可以常常顾到。"我赞成。垂死的水仙花就被从房中移到灶间。是为第三次遭的冻灾。

谁说水仙花清高？它也像普通人一样，需要烟火气的。自从移入灶间之后，叶子渐渐抬起头来，花苞渐渐展开。今天花儿开得很好！阿毛送它回来，我见了心中大快。此大快非仅为水仙花。人间的事，只要生机不灭，即使重遭天灾人祸，暂被阻抑，终有抬头的日子。个人的事如此，家庭的事如此，国家、民族的事也如此。

二十五年（1936）三月作

（原载1936年3月《越风》第10期）

---

① 注：意思即糟了

禁止攀折

现在正是所谓"绿荫时节"。游山玩水，欣赏自然，没有比现在更好的时节了。乡村的田野中，好像打翻了绿染缸，处处是一堆一堆的绿。都市的公园中，绿色的布置更齐整：那树木好像绿的宝塔，那冬青好像绿的低垣，那草地好像绿的毯子。爱好天真的人不欢喜这些人工的自然，嫌它们矫揉造作；不欢喜这些规则的布置，嫌它们呆板。它们的确难能避免这种批评。这原是西洋风的庭园装饰法。西洋人的生活，什么都科学化，连自然界的花木，也硬要它们生作几何形体。这点趣味，与一向爱好天真自然的东洋人很不投合，我们偶然看见这种几何形体的植物，一时也觉得新颖可喜。但是看惯之后，或者与野生植物比较起来，就觉得这些很不自然。若是诗人、画家，带了"有情化"的眼光而游这种公园，其眼前所陈列的犹如一群折断了腰，斩了头，截了肢体的人，其状惨不忍睹。在他们，进公园不但不得娱乐，反而起了不快之感。

这种不快之感，原是敏感的人所独有的，普通人可以不必

柳暗花明春事深

分担。但现今多数的公园中，另有一种更显著的现象，常给游客以不快的印象。这便是"禁止攀折"一类的标札。据有一位朋友说，他带了十分愉快的心情而走进公园大门。每逢看见一个"禁止"的标札，他的愉快可打一个九折。看见了两个"禁止"的标札，他的愉快只剩一折八扣了。我很能了解他的心情。他看了这种"禁止"标札所以感觉不快者，并非为了他想攀花折柳，被禁止而不能如愿之故。也不是为了他曾经攀花折柳吃过别人耳光的缘故。他所嫌恶的，是这种严厉的标札破坏了公园的美，伤害了人心的和平。

我对这意思完全同情。我们不否定"禁止"两字的存在，却嫌它们不应该用在公园里。譬如军政重地，门外面挂一张"禁止闲人入内"的虎头牌，我们并不讨嫌它。因为这些地方根本不可亲爱，我们决不想在这些地方得个好感。就是放两架机枪在门口，也由它去，何况只标几个文字呢？又如税关，外面挂着一张"禁止绕越"的虎头牌，我们也不讨嫌它。因为税关办理非严密不可，我们决不希望它客客气气地坐视走私。即使派兵警守护也不为过，何况贴一张字条儿呢？又如火车站的月台①上，挂着"禁止越轨"的牌子；碘酒的瓶上，写着"禁止内服"的红字，

---

① 站台旧称月台。——校订者注。

我们非但不讨嫌它们，反而觉得感谢。因为它们防人误触危险，有碍生命，其警告是出于好意的。故"禁止"二字放在上述的地方，都很相当，我们都不觉得不快；但放在公园里，就非常不调和，有时要刺痛游人的眼睛。因为公园是供人游乐的地方，使人得到安慰的地方。这里面所有的全是美与和平。拿"禁止"这两个严厉的字眼来放在美与和平的背景中，犹如万绿丛中着了一点红色，多少刺目；又好比许多亲爱的嘉宾中混入了一个带手枪的暴徒，多少不调和！

试想：休沐日之晨，或者放工后的傍晚，约了二三伴侣散步于公园中，在度着紧张的现代都会生活的人们，这原是好的恢复精神、鼓励元气、调节生活、享乐生趣的时机。但是一走进门，劈头先给你吃一个警告："禁止攀折！"这游客的心中，本无攀折之意。但吃了这警告，心中不免一阵紧张，两手似觉有些痉挛。自己诫告自己，留心触犯这规则。遇到可爱的花木，宁可远离一点，以避嫌疑。走了一会儿，看见个池塘，内有游鱼往来。这里没有树木，没有花卉。游客以为可在这里放心地欣赏游鱼之乐了。然而凭栏一望，当面又吃一个警告："禁止钓鱼及抛掷……"游客本来不要钓鱼，也不愿拿东西抛掷池中。但吃了这警告，心中又是一阵紧张；两手又觉一种痉挛。再自己诫告自己，留心触犯规则。身子靠在栏杆上，两手宁可反在背后，以避嫌疑。向池中望了一望，乐得早点走开，因为这样欣赏鱼乐是很不安心的。再走了一会儿，看见一块草地，平广而整齐，真像一大片绿油漆的地板。中央一条小径，迤逦曲折，好像横卧在这地板上的一条白练。这是多么牵惹游人的光景，谁都乐愿到这小径上走一通。但是一脚踏进，当眼又吃一个警告："禁止行走草地。"游人本来不忍用脚去践踏这些绿绒似的嫩草。但吃了这警告，心中又是一阵紧张，两脚也感到一种痉挛，再自己诫告自己，留心触犯规则。本想在小径中央站立一会儿，望望四周的绿草，想象自己穿着神话里的浮鞋，立在浮萍上面。但这有触犯禁章的嫌疑。还不如快步穿过了这小径，来得安心。再走一会儿，看见一个动物园；再走一会儿，看见一个秋千架；再走一会儿，看见一温室；但处处都有警告给你吃。甚至闲坐在长椅子上，也要吃个"不准搬动椅子"的警告。游客原为找求安慰而来，但现在变成了为吃警告而入公园了！供人游乐的公园挂了许多"禁止"的标札，犹如贴肌的衬衣上着了许多蚤虱，使人感觉怪难过的。美丽的花木、鱼池、草地上挂了这些严厉的警告，亦大为减色。这些真是"煞风景"的东西。

然而我们也不可不为公园的管理人着想。上述的游客，原是循规蹈矩而以谦恭为怀的好人。倘使他不吸香烟，而身上的纽扣又个个扣好，真可谓新生活运动中的完人了。但是世间像这样的人并不多。公园的游客中，有许多人要攀花折柳，有许多人要殃及池鱼，有许多人要践踏草地，还有许多人要无心或有心地毁坏公园中的设备。公园中倘不挂这些煞风景的"禁止"，恐怕早已不成为公园而变成废墟了。而且禁止的警告能够发生效力，还只能限于稍稍文明的地方。有许多公共的风景地方，不声不响的"禁止"两个字全然无效。我曾亲眼看见穿着体面的长衫而在"禁止攀折"的标札旁边攀折重瓣桃花的人。又曾亲眼看见安闲地坐在"禁止洗涤"的牌子下面洗涤裤子的人。又曾屡屡看见悠然地站在"禁止小便"的大字下面小便的人。对于这种人，即使一连挂了十张"禁止"的标札，也无效用，即使把"禁止"两字写得同"酱园"或"当"一样大①，也不相干。对于这种人，看来只有每处派个武装警察，一天到晚站岗，时时肆行叱骂，必要时还得飞送耳光，方始有效。这样看来，那些公园能以"禁止"二字收得实效，可谓文明地方的现象；而悬挂"禁止"的标札，也可说是很文明的办法。我们在这里埋怨这种办法的煞风景，似乎对于公园的管理者太不原谅，而对于人世太奢望了。

理想往往与事实相左，然而不能因此而废弃理想。和平美丽的公园中处处悬挂"禁止"的标札，到底是一件使人不快的

---

① 旧时的酱园和当铺，往往把"酱园"二字和"当"字写得同整个墙壁一样大。

事。世人惯说"艺术能美化人生"，我在这里想起了一个适切的实例：据某画家说，某处的公园中的标札，用漫画来代替文字，用要求同情来代替禁止，可谓调剂理想与事实的巧妙的办法。例如要警告游人勿折花木，用勿着模仿军政法政，板起脸孔来喊"禁止"。不妨描一张美丽的漫画，画中表示一双手正在攀折一朵花，而花心里伸出一个人头来，向着观者蚕颦哀号，痛哭流涕。这不但比"禁止"好看，据我想来实比禁止有效得多。花木虽然不能言语，但它们的具有生机，人类可以迁想而知。有一种花被折断了，创口中立刻流出一种白色的汁水来，叶儿立刻软疲下来。看了这光景，谁也觉得凄惨。因为这种汁水可以使人联想到血，这种叶儿可以使人联想到肢体。那幅漫画所表现出来的，便是这种凄惨的光景。向人的内心里要求同情，自比强横的禁止有效得多。又如要警告游人勿伤害池鱼，也可用同样的方法来要求同情，画一个大鱼，头上包着纱布，身上贴着好几处十字形的绊创膏，张着口，流着泪，好像在那里叫痛。旁边不妨再画几条小鱼，偎傍在大鱼身旁，或者流着同情之泪，或在用嘴吻它的创口。这是一幅很动人的漫画，把人类的事（绊创膏）借用在鱼类身上，一方面非常滑稽可笑，另一方面非常易以引起同情。又如要警告游人勿踏草地，也可画一只大皮鞋，沉重地踏在许多小草上。每株小草身上都长着一个小头，形如一群幼稚园里的小孩。

但这些头都被大皮鞋所踏扁，成荸荠形，大家扁着嘴在那里哭。人们对于脚底下的事，最不易注意。但倘把脸贴伏在地上，细细观察走路时脚底下所起的情形，实在是很可惊的。那皮鞋好像飞来峰，许多小虫被它突然压死，许多小草被它突然腰斩。腰斩的伤痕疗养到将要复原的时候；又一个飞来峰突然压溃了它。这是何等动人的现象！这幅画就把这种现象放大，促人注意。看了这画之后，把脚踏到青青的嫩草上去，脚底下似觉痒痒的非常不安。这便是那幅画的效果。

这种画的效果，乃由于前述的自然"有情化"而来。能把花木、池鱼、小草推想作和人一样有感情的活物，看了这些画方有感动。而"有情化"的看法，又根据在人性中的"同情心"上。要先能推己及人，然后能迁想于物，而开"有情化"之眼。故上述的漫画标札，对于缺乏同情心的人，还是无效。为了有这些人，多数俱足人性的好人无辜地在公园里吃着那种严厉的警告。

二十五年（1936）五月三十一日作，曾登《申报》。

春日游杏花吹满头

寒食

乌啼雀噪昏乔木，清明寒食谁家哭。风
吹旷野纸钱飞，古墓累累春草绿。棠梨
花下白杨树，尽是死生离别处。冥漠重
泉哭不闻，潇潇暮雨人归去。

杨柳岸晓风残月

踏青

儿童节上午开过庆祝会，就放春假。这一天恰好是寒食，我同弟弟一路回家，但见人家檐下都插杨柳条。日丽风柔，杨柳条被映成了一串串的绿珠，排列在长街两旁，争向行人点头。我心中感到说不出的快乐。

吃过中饭，华明就来。他站在檐下张望，不走进来。大概是因为这几天他来得太勤，恐防我们讨厌他。我和弟弟便赶出去欢迎他。华明见了我们，笑着说："春假还只头一天呢！"三人相对而笑，不发一言。我又感到说不出的快乐。尤其是因为华明向来不爱美术，近来忽然热烈地爱好起来，天天和我们在一起玩，我们好像得了一个新交的好朋友。弟弟提议："到阳伞坟去！"大家赞成。三人一同出门。

阳伞坟是离市约一里路的一处好地方。那坟四周是广漠的平野和田，中央一株大树，树本身很粗，我们三人合抱不交。树枝很多，从一人头高的地方生起，接连地生到树顶，都是水平的，甚至向下的，全体好像一只大香蕈，又好像一把大阳伞。因此这坟就被称为阳伞坟。那些树枝好像阳伞的骨子，密层层地交叉着。无论甚样弱小的小学生，都可自由地攀登，一直登到树顶，毫无害怕。这坟不知是谁家的，向来没有人干涉儿童们玩耍。这好像是天地给吾乡的儿童们设备着的一架运动具。我们这一天来得正好，大树上一个人也没有，专候我们去登。我们一直爬到树顶，各人拣一处有坐位，有靠背，有踏脚，可以眺望，而又很安稳的地方坐了，一面看野景，一面谈闲话，我又感到说不出的快乐。

从树顶上俯瞰四野，都是金黄色的菜花田，青青的草地，火焰似的桃花，苍翠的乔木，罩着碧蓝的天空，映着金色的日光，好一片和平幸福的春景！远近几处坟墓，有人正在祭扫。红色的飘白纸在晴风中摇荡，与周围的绿色作成了强烈的对比，正同祭扫者的哀哭声与和平幸福的春景作成强烈的对比一样。我低声背诵爸爸昨夜教我读的古诗："乌啼雀噪昏乔木，清明寒食谁家哭。风吹旷野纸钱飞，古墓累累春草绿。棠梨花下白杨树，尽是死生离别处。冥漠重泉哭不闻，潇潇暮雨人归去。"背到最后两句，心头一阵寒惨，鼻子里一阵辛酸，眼睛里几乎滴下泪来，同时又感到一种说不出的快感。这感觉被华明和弟弟的对话打断了。

"好天气啊！"华明说。

“好色彩啊！”弟弟接着说。

“你晓得这里共有几种色彩？”华明问。

“三原色都有，喏：那桃花是红的，菜花是黄的，天是蓝的。红黄蓝三原色都有。”

“三间色有没有呢？”华明又问。

“也有：红黄成橙，那太阳光下的沙泥地便是。红蓝成紫，那田里的草子花便是。黄蓝成绿，随你要多少：那草地飞树叶，都是绿的啊！”

“你们知道红黄蓝三原色都配拢来是什么？”我插进去问。

“黑，黑，黑！”华明抢着回答。“黑也有：那个树干！”弟弟补足了。

“那么，红黄蓝三原色都不用呢？”我又问。

“……”他们茫然了一会儿。“那是没有颜色了。还有什么呢？”华明自言自语地说。

“不是没有颜色，是白！”我说明了，他们都笑起来。

“白也有：那白云，那祭扫的女人的衣裳。”弟弟说过后屈指计数：“红，黄，蓝，橙，紫，绿，黑，白。”又感动似的叫道：“真妙！三种颜色会化出八种来。”又兴奋地提议：“我们用山芋雕刻了，印三色版，好不好？”我想一想，这确是容易而且有趣的玩儿，就赞成。华明还不解其方法，要我说明。我说：

"我们雕三个山芋版，一个印红，一个印黄，还有一个印蓝。只要把三色预先搭配好，就可印出八种颜色来。"华明恍然大悟。三人不约而同地爬下大树，踏着青草回去做印刷工了。

回到家里，走进厢房间，他们就要我计划印三色版的办法。我想：要用红黄蓝三个版子印出八种颜色来，非先打个画稿不可。就拿出铅笔、画纸和水彩颜料来，问弟弟和华明："你们想想看！什么景物有八种颜色？要容易，又要好看。"弟弟说："就画今天所见的光景，不是八种颜色都有了么？"我说："这个很复杂，太难刻了。"华明挺起眼睛想了一会儿，说："画一瓶花，花瓣、花叶、花瓶和桌子上的布，都可自由配色，而且也容易刻。"我觉得很对，先画三朵花，一红、一黄、一橙，再画一<u>丛</u>绿叶。这样，红、黄、橙、绿四色已经有了。还有蓝、紫、白、黑四色要设法搭配。弟弟说："蓝花瓶，紫桌毯，白背景。可惜黑没有地方用。"华明说："黑的围在四周，当作画框。"我想这办法很好：用黑作画框，三块山芋版的外廓一样大小，套印起来就容易正确了，就决定这样画了。画好了彩图，拿出三张薄纸来。先用第一张薄纸贴在图上，把含有红色的部分（红、紫、橙、黑）用铅笔勾出。次用第二张薄纸贴在图上，把含有黄色的部分（黄、橙、绿、黑）用铅笔勾出。最后用第三张薄纸贴在图上，把含有蓝色的部分（蓝、紫、绿、黑）用铅笔勾出。然后叫弟弟到长台底下去偷一个大山芋来，切成同样大的三块版子，把薄纸分别贴上，由三人分任雕刻。华明拣了最容易刻的红版。弟弟刻的黄版也简单。我刻的蓝版比较起来最复杂，但刻起来也最有兴味。不久大家刻好了。我们安排三只小瓷盆，把水彩颜料里的三原色分别溶化在小瓷盆里。再洗净三支旧笔，当作涂色的刷子。再找些中国纸，裁成比版子略大的十多张，就开始印刷了。先印最淡的黄色版。等它干了，再盖上红色版。红色版干了，最后盖上蓝色版。蓝色版下每逢印出一张，大家喝一声"好！"印好十多张，天色已经晚了。华明拣了一张较干燥的，藏在袋里，对我们说："我要回家了。这张带去给我爸爸看。明天会罢。"

我和弟弟想留他在这里一同吃夜饭，最好一同宿在这里。但是"家庭"这一种区分硬把我们隔离了，我们只得让他回去。

载1936年4月25日《新少年》第1卷第8期。

杨柳

因为我的画中多杨柳树，就有人说我欢喜杨柳树；因为有人说我欢喜杨柳树，我似觉自己真与杨柳树有缘。但我也曾问心，为什么欢喜杨柳树？到底与杨柳树有什么深缘？其答案了不可得。原来这完全是偶然的：昔年我住在白马湖上，看见人们在湖边种柳，我向他们讨了一小株，种在寓屋的墙角里。因此给这屋取名"小杨柳屋"，因此常取见惯的杨柳为画材，因此就有人说我欢喜杨柳，因此我自己似觉与杨柳有缘。假如当时人们在湖边种荆棘，也许我会给屋取名为"小荆棘屋"，而专画荆棘，成为与荆棘有缘，亦未可知。天下事往往如此。

但假如我存心要和杨柳结缘，就不说上面的话，而可以附会种种的理由上去。或者说我爱它的鹅黄嫩绿，或者说我爱它的如醉如舞，或者说我爱它像小蛮的腰，或者说我爱它是陶渊明的宅边所种的，或者还可引援"客舍青青"的诗，"树犹如此"的话，以及"王恭之貌""张绪之神"等种种古典来，作为自己爱柳的理由。即使要找三百个冠冕堂皇、高雅深刻的理由，也是很容易的。天下事又往往如此。

也许我曾经对人说过"我爱杨柳"的话。但这话也是随缘的。仿佛我偶然买一双黑袜穿在脚上，逢人问我"为什么穿黑袜"时，就对他说"我欢喜穿黑袜"一样。实际，我向来对于花木无所爱好；即有之，亦无所执着。这是因为我生长穷乡，只见桑麻、禾黍、烟片、棉花、小麦、大豆，不曾亲近过万花如绣的园林。只在几本旧书里看见过"紫薇""红杏""芍药""牡丹"等美丽的名称，但难得亲近这等名称的所有者。并非完全没有见过，只因见时它们往往使我失望，不相信这便是曾对紫薇郎的紫薇花，曾使尚书出名的红杏，曾傍美人醉卧的芍药，或者象征富贵的牡丹。我觉得它们也只是植物中的几种，不过少见而名贵些，实在也没有什么特别可爱的地方，似乎不配在诗词中那样受人称赞，更不配在花木中占据那样高尚的地位。因此我似觉诗词中所赞叹的名花是另外一种，不是我现在所看见的这种植物。我也曾偶游富丽的花园，但终于不曾见过十足地配称"万花如绣"的景象。

假如我现在要赞美一种植物，我仍是要赞美杨柳。但这与前缘无关，只是我这几天的所感，一时兴到，随便谈谈，也不会像信仰宗教或崇拜主义地毕生皈依它。为的是昨日天气佳，埋头写作到傍晚，不免走到西湖边的长椅子里坐了一会儿。看见湖岸的杨柳树上，好像挂着几万串嫩绿的珠子，在温暖的春风中飘来飘去，飘出许多弯度微微的S线来，觉得这一种植物实在美丽可爱，非赞它一下不可。

听人说，这种植物是最贱的。剪一根枝条来插在地上，它也会活起来，后来变成一株大杨柳树。它不需要高贵的肥料或工深的壅培，只要有阳光、泥土和水，便会生活，而且生得非常强健而美丽。牡丹花要吃猪肚肠，葡萄藤要吃肉汤，许多花木要吃豆饼，杨柳树不要吃人家的东西，因此人们说它是"贱"的，大概"贵"是要吃的意思。越要吃得多，越要吃得好，就是越"贵"。吃得很多很好而没有用处，只供观赏的，似乎更贵。例如牡丹比葡萄贵，是为了牡丹吃了猪肚肠只供观赏而葡萄吃了肉汤有结果的缘故。杨柳不要吃人的东西，且有木材供人用，因此被人看作"贱"的。

我赞杨柳美丽，但其美与牡丹不同，与别的一切花木都不同。杨柳的主要的美点，是其下垂。花木大都是向上发展的，红杏能长到"出墙"，古木能长到"参天"。向上原是好的，但我往往看见枝叶花果蒸蒸日上，似乎忘记了下面的根，觉得其样子可恶；你们是靠它养活的，怎么只管高踞上面，绝不理睬它呢？你们的生命建设在它上面，怎么只管贪图自己的光荣，而绝不回顾处在泥土中的根本呢？花木大都如此。甚至下面的根已经被砍，而上面的花叶还是欣欣向荣，在那里作最后一刻的威福，真是可恶而又可怜！杨柳没有这般可恶可怜的样子：它不是不会向上生长。它长得很快，而且很高；但是越长得高，越垂得低。千万条陌头细柳，条条不忘记根本，常常俯首顾着下面，时时借了春风之力，向处在泥土中的根本拜舞，或者和它亲吻。好像一群活泼孩子环绕着他们的慈母而游戏，但时时依傍到慈母的身旁去，或者扑进慈母的怀里去，使人看了觉得非常可爱。杨柳树也有高出墙头的，但我不嫌它高，为了它高而能下，为了它高而不忘本。

自古以来，诗文常以杨柳为春的一种主要题材。写春景曰"万树垂杨"，写春色曰"陌头杨柳"，或竟称春天为"柳条春"。我以为这并非仅为杨柳当春抽条的缘故。实因其树有一种特殊的姿态，与和平美丽的春光十分调和的缘故。这种姿态的特殊点，便是"下垂"。不然，当春发芽的树木不知凡几，何以专让柳条作春的主人呢？只为别的树木都凭仗了春之力而拼命向上，一味求高，忘记了自己的根本。其贪婪之相不合于春的精神。最能象征春的神意的，只有垂杨。

这是我昨天看了西湖边上的杨柳而一时兴起的感想。但我所赞美的不仅是西湖上的杨柳。在这几天的春光之下，乡村处处的杨柳都有这般可赞美的姿态。西湖似乎太高贵了，反而不适于栽植这种"贱"的垂杨呢。

二十四年（1935）三月四日于杭州

清明

南北山头多墓田，清明祭扫各纷然。纸
灰化作白蝴蝶，血泪染成红杜鹃。日落
狐狸眠冢上，夜归儿女笑灯前。人生有
酒须当醉，一点何曾到九泉！

谁家寒食归宁女

翡翠笛

"南北山头多墓田，清明祭扫各纷然。纸灰化作白蝴蝶，血泪染成红杜鹃。日落狐狸眠冢上，夜归儿女笑灯前。人生有酒须当醉，一点何曾到九泉！"从前姐姐读这首诗，我听得熟了。当时不知道什么意思，跟着姐姐信口唱，只觉得音节很好。今天在扫墓船里，又听见姐姐唱这首诗。我问明白了字句的意味，不觉好笑起来，对姐姐说："这原来是咏清明扫墓的诗，今天唱，很合时宜，但我又觉得不合事理。我们每年清明上坟，不是向来当作一件乐事的么？我家的扫墓《竹枝词》中，有一首是'双双画桨荡轻波，一路春风笑语和。望见坟前堤岸上，松阴更比去年多'。多么快乐！怎么古人上坟会哭出'血泪'来，直到上好坟回家，还要埋怨儿女在灯前笑呢？末后两句最可笑了，'人生有酒须当醉'，人生难道是为吃酒的？酒醉糊涂，还算什么'人生'？我真不解这首诗的好处。"

爸爸在座，姐姐每逢理论总是不先说的。她看看我，又看看爸爸，仿佛在说："你问爸爸！"爸爸懂得她的意思，自动地插嘴了："中国古代诗人提倡吃酒，确是一种颓废的人生观。像你，现代的少年人，自然不能和他们同情的。但读诗不可过于拘泥事实，这首诗的末两句，也可看作咏叹人生无常，劝人及时努力的，却不可拘泥于酒。喜欢吃酒的说酒，欢喜做事的不妨把醉酒改作做事，例如说'人生有事须当做，一件何曾到九泉！'不很对么？"姐姐和我听了这两句诗，一齐笑起来。

爸爸继续说："至于扫墓，原本是一件悲哀的事。凭吊死者，回忆永别的骨肉，哪里说得上快乐呢？设想坟上有个新冢，扫墓的不是要哭么？但我们的都是老坟，年年祭扫，如同去拜见祖宗一样，悲哀就化为孝敬，而转成欢乐了。尤其是你们，坟上的祖宗都是不曾见过面的，扫墓就同游春一般。这是人生无上的幸福啊！"我听了这话有些凛然。目前的光景被这凛然所衬托，愈加显得幸福了。

扫墓的船在一片油菜花旁的一枝桃花树下停泊了。爸爸、姆妈、姐姐和我，三大伯、三大妈和他家的四弟、六妹和工人阿四，大家纷纷上岸。大人们忙着搬桌椅，抬条箱，在坟前设祭。我们忙着看花，攀树，走田塍，折杨柳。他们点上了蜡烛，大声地喊："来拜揖！来拜揖！"我们才从各方集合拢来，到坟前行礼。墓地邻近有一块空地，上面覆着垂杨，三面围着豆花，底下铺着绿草，如像一只空着的大沙发，正在等我们去坐。我们不约而同地跑进去，席地而坐了。从附近走来参观扫墓的许多村人，站在草地旁看我们。他们的视线集中在姐姐身上。原来姐姐这次春假回家，穿着一身黄色的童子军装，不男不女的，惹人注意。我从衣袋里摸出口琴来吹，更吸引了远处的许多村姑。我又想起了我家的扫墓《竹枝词》："壶馌纷陈拜跪忙，闲来坐憩树荫凉。村姑三五来窥看，中有谁家新嫁娘。"所咏的就是目前的光景。

忽然听得背后发出一种声音，好像羊叫，衬着口琴的声音非常触耳。回头看见四弟坐在蚕豆花旁边，正在吹一管绿色的短笛。我收了口琴跑过去看，原来他的笛是用蚕豆梗做的：长约半尺多，上面有三五个孔，可用手指按出无腔的音调来。

我忙叫姐姐来看。四弟常跟三大妈住在乡下的外婆家，懂得这些自然的玩意儿。我和姐姐看了都很惊奇而且艳羡，觉得这比我们的口琴更有趣味。我们请教他这笛的制法，才知道这是用豌豆茎和蚕豆茎合制而成的。先拔起一支蚕豆茎来，去根去梢去叶，只剩方柱形的一段。用指爪在这段上摘出三五个孔，即为笛声。再摘取豌豆茎的梢，约长一寸，把它插入方柱上端的孔中，笛就完成。吹的时候，用齿把豌豆茎咬一下，吹起来笛就发音。用指按笛身上各孔，就会吹出高低不同的种种音来。依照这方法，我和姐姐各自新制一管，吹起来果然都会响。可是各孔所发的音，像是音阶，却又似do非do，似re非re，不能吹奏歌曲。我的好奇心活跃了："姐姐，这些洞的距离，有一定的尺寸。我们随意乱摘，所以不成音阶。倘使我们知道了这尺寸，我们可以做一管发音正确的'豆梗笛'，用以吹奏种种乐曲，不是很有趣么？"姐姐的好奇心同我一样活跃，说道："不叫作豆梗笛，叫作'翡翠笛'。爸爸一定知道这些孔的尺寸。我们去问他。"

爸爸见了我们的翡翠笛，吃惊地叫道："呀！蚕豆还没有结子，怎么你们拔了这许多豆梗！农人们辛苦地种着的！"

工人阿四从旁插嘴道："不要紧，这蚕豆是我家的，让哥儿们拔些吧。"爸爸说："虽然你们不要他们赔偿，他们应该爱护作物，不论是谁家的！"姐姐擎着她的翡翠笛对爸爸说："我们不再采了。只因这里的音分别高低，但都不正确。不知怎样才能成一音阶，可以吹奏乐曲？"爸爸拿过翡翠笛来吹吹，就坐在草地上，兴味津津地研究起来。他已经被一种兴味所诱，浑忘了刚才所说的话，他的好奇心同我们一样地活跃了。大人们原来也是有孩子们的兴味，不过平时为别种东西所压迫，不容易显露罢了。我的爸爸常常自称"不失童心"，今天的事证明他这句话了。

阿四采了一大把蚕豆梗来，说道："这些都是不开花的，拔来给哥儿们做笛吧。反正不拔也不会结豆的。"姐姐接着说：
"那很好了。不拔反要耗费肥料呢。"爸爸很安心，选一枝豆梗
来，插上一个豌豆梗的叫子，然后在豆梗上摘一个洞，审察音的
高低，一个一个地添摘出来，终于成了一个具有音阶七音的翡翠
笛，居然能够吹个简单的乐曲。我们各选同样粗细的豆梗。依照
了他的尺寸，各制一管翡翠笛，果然也都合于音阶，也能吹奏乐
曲。我的好奇心愈加活跃了，捉住爸爸，问他："这距离有何定
规？"

爸爸说："我也是偶然摘得正确的。不过这偶然并非完全
凑巧，也根据着几分乐理。大凡吹动管中空气而发音的乐器，管
愈长发音愈低，管愈短发音愈高。笛上开了一个洞，无异把管截
断到洞的地方为止。故其洞愈近吹口，发音愈高，其洞愈近下
端，发音愈低。箫和笛的制造原理就根据在此。刚才我先把没有
洞的豆梗吹一吹，假定它是 do 字。然后任意摘一个洞，吹一下
看，恰巧是 re 字。于是保住相当的距离，顺次向吹口方向摘六个
洞，就大体合于音阶上的七音了。吹的时候，六个洞全部按住为
do，下端开放一个为 re，开放二个为 mi……尽行开放为 si。这
是管乐器制造的原理。我这管可说是原始的管乐器了。弦乐器的
制造原理也是如此，不过空管换了弦线。弦线愈长，发音愈低，
弦线愈短，发音愈高。口琴风琴上的簧也是如此：簧愈长，发音

愈低，簧愈短，发音愈高。但同时管的大小，弦的粗细，簧的厚薄，也与音的高低有关。愈大，愈粗，愈厚，发音愈低，反之发音愈高。关于这事的精确的乐理，《开明音乐讲义》中'音阶的构成'一章里详说着。我现在所说的不过是其大概罢了。"

"大概"也够用了，我们利用余多的豆梗照这"大概"制了种种的翡翠笛。其中有两支，比较起来最正确，简直同竹笛一样。扫墓既毕，我们把这两支翡翠笛放在条箱里，带回家去。晚上拿出来看，笛身已经枯萎了。爸爸见了这枯萎的翡翠笛，感慨地说："这也是人生无常的象征啊！"

吃酒

　　酒，应该说饮，或喝。然而我们南方人都叫吃。古诗中有"吃茶"，那么酒也不妨称吃。说起吃酒，我忘不了下述几种情境：

　　二十多岁时，我在日本结识了一个留学生，崇明人黄涵秋。此人爱吃酒，富有闲情逸致。我二人常常共饮。有一天风和日暖，我们乘小火车到江之岛去游玩。这岛临海的一面，有一片平地，芳草如茵，柳荫如盖，中间设着许多矮榻，榻上铺着红毡毯，和环境作成强烈的对比。我们两人踞坐一榻，就有束红带的女子来招待。"两瓶正宗，两个壶烧。"正宗是日本的黄酒，色香味都不亚于绍兴酒。壶烧是这里的名菜，日本名叫tsuboyaki，是一种大螺蛳，名叫荣螺（sazae），约有拳头来大，壳上生许多刺，把刺修整一下，可以摆平，像三足鼎一样。把这大螺蛳烧杀，取出肉来切碎，再放进去，加入酱油等调味品，煮熟，就用这壳作为器皿，请客人吃。这器皿像一把壶，

旧时王谢堂前燕

所以名为壶烧。其味甚鲜，确是侑酒佳品。用的筷子更佳：这双筷用纸袋套好，纸袋上印着"消毒割箸"四个字，袋上又插着一个牙签，预备吃过之后用的。从纸袋中拔出筷来，但见一半已割裂，一半还连接，让客人自己去裂开来。这木头是消毒过的，而且没有人用过，所以用时心地非常快适。用后就丢弃，价廉并不可惜。我赞美这种筷，认为是世界上最进步的用品。西洋人用刀叉，太笨重，要洗过方能再用；中国人用竹筷，也是洗过再用，很不卫生，即使是象牙筷也不卫生。日本人的消毒割箸，就同牙签一样，只用一次，真乃一大发明。他们还有一种牙刷，非常简单，到处杂货店发卖，价钱很便宜，也是只用一次就丢弃的。于此可见日本人很有小聪明。且说我和老黄在江之岛吃壶烧酒，三杯入口，万虑皆消。海鸟长鸣，天风振袖。但觉心旷神怡，仿佛身在仙境。老黄爱调笑，看见年青侍女，就和她搭讪，问年纪，问家乡，引起她身世之感，使她掉下泪来。于是临走多给小账，约定何日重来。我们又仿佛身在小说中了。

又有一种情境，也忘不了。吃酒的对手还是老黄，地点却在上海城隍庙里。这里有一家素菜馆，叫作春风松月楼，百年老店，名闻遐迩。我和老黄都在上海当教师，每逢闲暇，便相约去吃素酒。我们的吃法很经济：两斤酒，两碗"过浇面"，一碗冬菇，一碗十景。所谓过浇，就是浇头不浇在面上，而另盛在碗里，作为酒菜。等到酒吃好了，才要面底子来当饭吃。人们叫别了，常喊作"过桥面"。这里的冬菇非常肥鲜，十景也非常入味。浇头的分量不少，下酒之后，还有剩余，可以浇在面上。我们常常去吃，后来那堂倌熟悉了，看见我们进去，就叫："过桥客人来了，请坐请坐！"现在，老黄早已作古，这素菜馆也改头换面，不可复识了。

另有一种情境，则见于患难之中。那年日本侵略中国，石门湾沦陷，我们一家老幼九人逃到杭州，转桐庐，在城外河头上租屋而居。那屋主姓盛，兄弟四人。我们租住老三的屋子，隔壁就是老大，名叫宝函。他有一个孙子，名叫贞谦，约十七八岁，酷爱读书，常常来向我请教问题，因此宝函也和我要好，常常邀我到他家去坐。这老翁年约六十多岁，身体很健康，常常坐在一只小桌旁边的圆鼓凳上。我一到，他就请我坐在他对面的椅子上，站起身来，揭开鼓凳的盖，拿出一把大酒壶来，在桌上的杯子里满满地斟了两盅；又向鼓凳里摸出一把花生米来，就和我对酌。他的鼓凳里装着棉絮，酒壶裹在棉絮里，可以保暖，斟出来的两碗黄酒，热气腾腾。酒是自家酿的，色香味都上等。我们就用花生米下酒，一面闲谈。谈的大都是关于他的孙子贞谦的事。他只有这孙子，很疼爱他。说"这小人一天到晚望书，身体不好……"望书即看书，是桐庐土白。我用空话安慰他，骗他酒吃。骗得太多，不好意思，我准备后来报谢他。但我们住在河头上不到一个月，杭州沦陷，我们匆匆离去，终于没有报谢他的酒惠。现在，这老翁不知是否在世，贞谦已入中年，情况不得而知。

最后一种情境，见于杭州西湖之畔。那时我居住在里西湖招贤寺隔壁的小平屋里，对门就是孤山，所以朋友送我一副对联，叫作"居邻葛岭招贤寺，门对孤山放鹤亭"。家居多暇，则闲坐在湖边的石凳上，欣赏湖光山色。每见一中年男子，蹲在岸上，向湖边垂钓。他钓的不是鱼，而是虾。钓钩上装一粒饭米，挂在岸石边。一会儿拉起线来，就有很大的一只虾。其人把它关在一个瓶子里。于是再装上饭米，挂下去钓。钓得了三四只大虾，他就把瓶子藏入藤篮里，起身走了。我问他："何不再钓几只？"他笑着回答说："下酒够了。"我跟他去，见他走进岳坟旁边的一家酒店里，拣一座头坐下了。我就在他旁边的桌上坐下，叫酒保来一斤酒，一盆花生米。他也叫一斤酒，却不叫菜，取出瓶子来，用钓丝缚住了这三四只虾，拿到酒保烫酒的开水里去一浸，不久取出，虾已经变成红色了。他向酒保要一小碟酱油，就用虾下酒。我看他吃菜很省，一只虾要吃很久，由此可知此人是个酒徒。

此人常到我家门前的岸边来钓虾。我被他引起酒兴，也常跟他到岳坟去吃酒。彼此相熟了，但不问姓名。我们都独酌无伴，就相与交谈。他知道我住在这里，问我何不钓虾。我说我不爱此物。他就向我劝诱，尽力宣扬虾的滋味鲜美，营养丰富。又教我钓虾的窍门。他说："虾这东西，爱躲在湖岸石边。你倘到湖心去钓，是永远钓不着的。这东西爱吃饭粒和蚯蚓。但蚯蚓龌龊，它吃了，你就吃它，等于你吃蚯蚓。所以我总用饭粒。你看，它现在死了，还抱着饭粒呢。"他提起一只大虾来给我看，我果然看见那虾还抱着半粒饭。他继续说："这东西比鱼好得多。鱼，你钓了来，要剖，要洗，要用油盐酱醋来烧，多少麻烦。这虾就便当得多：只要到开水里一煮，就好吃了。不须花钱，而且新鲜得很。"他这钓虾论讲得头头是道，我真心赞叹。

这钓虾人常来我家门前钓虾，我也好几次跟他到岳坟吃酒，彼此熟识了，然而不曾通过姓名。有一次，夏天，我带了扇子去吃酒。他借看我的扇子，看到了我的名字，吃惊地叫道："啊！我有眼不识泰山！"于是叙述他曾经读过我的随笔和漫画，说了许多仰慕的话。我也请教他姓名，知道他姓朱，名字现已忘记，是在湖滨旅馆门口摆刻字摊的。下午收了摊，常到里西湖来钓虾吃酒。此人自得其乐，甚可赞佩。可惜不久我就离开杭州，远游他方，不再遇见这钓虾的酒徒了。

　　写这篇琐记时，我久病初愈，酒戒又开。回想上述情景，酒兴顿添。正是"昔年多病厌芳樽，今日芳樽唯恐浅"。

（1972年）

半篇莫干山游记

前天晚上，我九点钟就寝后，好像有什么求之不得似的只管辗转反侧，不能入睡。到了十二点钟模样，我假定已经睡过一夜，现在天亮了，正式地披衣下床，到案头来续写一篇将了未了的文稿。写到两点半钟，文稿居然写完了，但觉非常疲劳。就再假定已经度过一天，现在天夜了，再卸衣就寝。躺下身子就酣睡。

次日早晨还在酣睡的时候，听得耳边有人对我说话："Z先生来了！Z先生来了！"是我姐的声音。我睡眼蒙眬地跳起身来，披衣下楼，来迎接Z先生。Z先生说："扰你清梦！"我说："本来早已起身了。昨天写完一篇文章，写到了后半夜，所以起得迟了。失迎失迎！"下面就是寒暄。他是昨夜到杭州的，免得夜间敲门，昨晚宿在旅馆里。今晨一早来看我，约我同到莫干山去访L先生。他知道我昨晚写完了一篇文稿，今天可以放心地玩，欢喜无量，兴高采烈地叫："有缘！有缘！好像知道我今天要来的！"我也学他叫一遍："有缘！有缘！好像知道你今天要来的！"

我们寒暄过，喝过茶，吃过粥，就预备出门。我提议："你昨天到杭州已夜了。没有见过西湖，今天得先去望一望。"他说："我是生长在杭州的，西湖看腻了。我们就到莫干山吧。""但是，赴莫干山的汽车几点钟开，你知道吗？""我不知道。横竖汽车站不远，我们撞去看。有缘，便搭了去；倘要下午开，我们再去玩西湖。""也好，也好。"他提了带来的皮包，我空手，就出门了。

黄包车拉我们到汽车站。我们望见站内一个待车人也没有，只有一个站员从窗里探头出来，向我们慌张地问："你们到哪里？"我说："到莫干山，几点钟有车？"他不等我说完，用手指着卖票处乱叫："赶快买票，就要开了。"我望见里面的站门口，赴莫干山的车子已在咕噜咕噜地响了。我有些茫然：原来我以为这几天莫干山车子总是下午开的，现在不过来问钟点而已，所以空手出门，连速写簿都不曾携带。但现在真是"缘"了，岂可错过？我便买票，匆匆地拉了Z先生上车。上了车，车子就向绿野中驶去。

坐定后，我们相视而笑。我知道他的话要来了。果然，他又兴高采烈地叫："有缘！有缘！我们迟到一分钟就赶不上了！"

我附和他："多吃半碗粥就赶不上了！多撒一场尿就赶不上了！有缘！有缘！"车子声比我们的说话声更响，使我们不好多谈"有缘"，只能相视而笑。

　　开驶了约半点钟，忽然车头上"嗤"的一声响，车子就在无边的绿野中间的一条黄沙路上停下了。司机叫一声"葛娘！"[①]跳下去看。乘客中有人低声地说："毛病了！"司机和卖票人观察了车头之后，交互地连叫"葛娘！葛娘！"我们就知道车子的确有毛病了。许多乘客纷纷地起身下车，大家围集到车头边去看，同时问司机："车子怎么了？"司机说："车头底下的螺旋钉落脱了！"说着向车子后面的路上找了一会儿，然后负着手站在黄沙路旁，向绿野中眺望，样子像个"雅人"。乘客赶上去问他："喂，究竟怎么了！车子还可以开否？"他回转头来，沉下了脸孔说："开不动了！"乘客喧哗起来："抛锚了！这怎么办呢？"有的人向四周的绿野环视一周，苦笑着叫："今天要在这里便中饭了！"咕噜咕噜了一阵之后，有人把正在看风景的司机拉转来，用代表乘客的态度，向他正式质问善后办法："喂！那么怎么办呢？你可不可以修好它？难道把我们放生了？"另一个人就去拉司机的臂："嗳！你去修吧！你去修吧！总要给我们

_____

　　① 葛娘，即"个娘"，从前江南一带的骂人话。——编者注

开走的。"但司机摇摇头，说："螺旋钉落脱了，没有法子修的。等有来车时，托他们带信到厂里去派人来修吧。总不会叫你们来这里过夜的。"乘客们听见"过夜"两字，心知这抛锚非同小可，至少要耽搁几个钟头了，又是咕噜咕噜了一阵。然而司机只管向绿野看风景，他们也无可奈何他。于是大家懒洋洋地走散去。许多人一边踱，一边骂司机，用手指着他说："他不会修的，他只会开开的，饭桶！"那"饭桶"最初由他们笑骂，后来远而避之，一步一步地走进路旁的绿荫中，或"矫首而遐观"，或"抚孤松而盘桓"，态度越发悠闲了。

等着了回杭州的汽车，托他们带信到厂里，由厂里派机器司务来修，直到修好，重开，其间约有两小时之久。在这两小时间，荒郊的路上演出了恐怕是从来未有的热闹。各种服装的乘客——商人、工人、洋装客、摩登女郎、老太太、小孩、穿制服的学生、穿军装的兵，还有外国人——在这抛了锚的公共汽车的四周低徊巡游，好像是各阶级派到民间来复兴农村的代表，最初大家站在车身旁边，好像群儿舍不得母亲似的。有的人把车头抚摩一下，叹一口气；有的人用脚在车轮上踢几下，骂它一声；有的人俯下身子来观察车头下面缺了螺旋钉的地方，又向别处检探，似乎想检出一个螺旋钉来，立刻配上，使它重新驶行。最好笑的是那个兵，他带着手枪雄赳赳地站在车旁，愤愤地骂，似乎想拔出手枪来强迫车子走路。然而他似乎知道手枪要不过螺旋钉，终于没有拔出来，只是骂了几声"妈的"。那公共汽车老大不才地站在路边，任人骂它"葛娘"或"妈的"，只是默然。好像自知有罪，被人辱及娘或妈也只得忍受了。它的外形还是照旧，尖尖的头，矮矮的四脚，庞然的大肚皮，外加簇新的黄外套，样子神气活现。然而为了内部缺少了小指头大的一只螺旋钉，竟暴卒在荒野中的路旁，任人辱骂！

乘客们骂过一会儿之后，似乎悟到了骂死尸是没有用的。大家向四野走开去。有的赏风景，有的讲地势，有的从容地蹲在田间大便，一时间光景大变，似乎大家忘记了车子抛锚的事件，变成picnic（郊游）的一群。我和Z先生原是来玩玩的，万事随缘，一向不觉得惘怅。我们望见两个时髦的都会之客走到路边朴陋的茅屋边，映成强烈的对照，便也走到茅屋旁边去参观。Z先生的话又来了："这也是缘！这也是缘！不然，我们哪得参观这些茅屋的机会呢？"他就同闲坐在茅屋门口的老妇人攀谈起来。

"你们这里有几份人家？"

"就是我们两家。"

"那么，你们出市很不便，到哪里去买东西呢？"

"出市要到两三里外的××。但是我们不大要买东西。乡下人有得吃些就算了。"

“这是什么树？”

“樱桃树，前年种的，今年已有果子吃了。你看，枝头上已经结了不少。”

我和Z先生就走过去观赏她家门前的樱桃树。看见青色的小粒子果然已经累累满枝了，大家赞叹起来。我只吃过红了的樱桃，不曾见过枝头上青青的樱桃。只知道“红了樱桃，绿了芭蕉”的颜色对照的鲜美，不知道樱桃是怎样红起来的。一个月后都市里绮窗下洋瓷盆里盛着的鲜丽的果品，想不到就是在这种荒村里茅屋前的枝头上由青青的小粒子守红来的。我又惦记起故乡缘缘堂来。前年我在堂前手植一株小樱桃树，去年夏天枝叶甚茂，却没有结子。今年此刻或许也有青青的小粒子缀在枝头上了。我无端地离去了缘缘堂来做杭州的寓公，觉得有些对它们不起。然而幸亏如此，缘缘堂和小樱桃现在能给我甘美的回忆。倘然一天到晚摆在我的眼前，恐怕不会给我这样的好感了。这是我的弱点，也是许多人共有的弱点。也许不是弱点，是人类习性之一，不在目前的状态比目前的状态可喜；或是美的条件之一，想象比现实更美。我出神地对着樱桃树沉思，不知这期间Z先生和那老妇人谈了些什么话。

原来他们已谈得同旧相识一般，那老妇人邀我们到她家去坐了。我们没有进去，但站在门口参观她的家。因为站在门口已可一目了然地看见她的家里，没有再进去的必要了。她家里一灶、一床、一桌，和几条长凳，还有些日用上少不得的零零碎碎的物件。一切公开，不大有隐藏的地方。衣裳穿在身上了，这里所有的都是吃和住所需要的最起码的设备，除此以外并无一件看看的或玩玩的东西。我对此又想起了自己的家里来。虽然我在杭州所租的是连家具的房子，打算暂住的，但和这老妇人的永远之家比较起来，设备复杂得不可言。我们要有写字桌，有椅子，有玻璃窗，有阳台，有电灯，有书，有文具，还要有壁上装饰的书画，真是太啰唆了！近年来励行躬自薄而厚遇于人的Z先生看了这老妇人之家，也十分叹佩。因此我又想起了某人题行脚头陀图像的两句："一切非我有，放胆而走。"这老妇人之家究竟还"有"，所以还少不了这扇柴门，还不能放胆而走。只能使度着啰唆的生活的我和Z先生看了十分叹佩而已。实际，我们的生活在中国总算是啰唆的了。据我在故乡所见，农人、工人之家，除了衣食住的起码设备以外，极少有赘余的东西。我们一乡之中，这样的人家占大多数。我们一国之中，这样的乡镇又占大多数。我们是在大多数简陋生活的人中度着啰唆生活的人；享用了这些啰唆的供给的人，对于世间有什么相当的贡献呢？我们这国家的基础，还是建设在大多数简陋生活的工农上面的。

望见抛锚的汽车旁边又有人围集起来了，我们就辞了老妇人走到车旁。原来没有消息，只是乘客等得厌倦，回到车边来再骂脱几声，以解烦闷。有的人正在责问司机："为什么机器司务还不来？""你为什么不乘了他们的汽车到站头上去打电话？快得多哩！"但司机没有什么话回答，只是向那条漫漫的长路的杭州方面的一端盼望了一下。许多乘客时时向这方面盼望，正像大旱之望云霓。我也跟着众人向这条路上盼望了几下。那"青天漫漫覆长路"的印象，到现在还历历在目，可以画得出来。那时我们所盼望的是一架小汽车，载着一个精明干练的机器司务，带了一包螺旋钉和修理工具，从地平线上飞驰而来；立刻把病车修好，载了乘客重登前程。我们好比遭了难的船漂泊在大海中，渴望着救生船的来到。我觉得我们有些惭愧：同样是人，我们只能坐坐的，司机只能开开的。

久之，久之，彼方的地平线上涌出一黑点，渐渐地大起来。"来了！来了！"我们这里发出一阵愉快的叫声。然而开来的是一辆极漂亮的新式小汽车，飞也似的通过了我们这病车之旁而长逝，只留下些汽油气和香水气给我们闻闻。我们目送了这辆"油壁香车"之后，再回转头来盼望我们的黑点。久之，久之，地平线上果然又涌出了一个黑点。"这回一定是了！"有人这样叫，大家伸长了脖子翘盼。但是司机说"不是，是长兴班"。果然那黑点渐大起来，变成了黄点，又变成了一辆公共汽车而停在我们这病车的后面了。这是司机唤他们停的。他问他们有没有救我们的方法，可不可以先分载几个客人去。那车上的司机下车来给我们的病车诊察了一下，摇摇头上车去。许多客人想拥上这车去，然而车中满满的，没有一个空座位，都被拒绝出来。那卖票的把门一关，立刻开走。车中的人从玻璃窗内笑着回顾我们。我们呢，站在黄沙路边上蹙着眉头目送他们，莫得同车归，自己觉得怪可怜的。

后来终于盼到了我们的救星。来的是一辆破旧不堪的小篷车。里面走出一个浑身龌龊的人来。他穿着一套连裤的蓝布的工人服装，满身油污，头戴一顶没有束带的灰色呢帽，脸色青白而处处涂着油污，望去与呢帽分别不出。脚上穿一双橡皮底的大皮鞋，手中提着一只荷包。他下了篷车，大踏步走向我们的病车头上来。大家让他路，表示起敬。又跟了他到车头前去看他显本领。他到车头前就把身体仰卧在地上，把头钻进车底下去。我在车边望去，看到的仿佛是汽车闯祸时的可怕的样子。过了一会儿他钻出来，立起身来，摇摇头说："没有这种螺旋钉。带来的都配不上。"乘客和司机都着起急来："怎么办呢？你为什么不多带几种来？"他又摇摇头说："这种螺旋钉厂里也没有，要定做的。"听见这话的人都慌张了。有几个人几乎哭出来。然而机器司务忽然计上心来。他对司机说："用木头做！"司机哭丧着脸说："木头呢？刀呢？你又没带来。"机器司务向四野一望，断然地说道："同老百姓想法！"就放下手中的荷包，径奔向那两间茅屋。他借了一把厨刀和一根硬柴回来，就在车头旁边削起来。茅屋里的老妇人另拿一根硬柴走过来，说怕那根是空心的，用不得，所以再送一根来。机器司务削了几刀之后，果然发见他拿的一根是空心的，就改用了老妇人手里的一根。这时候打了圈子监视着的乘客，似乎大家感谢机器司务和那老妇人。衣服丽都或身带手枪的乘客，在这时候只得求教于这个龌龊的工人；堂皇的杭州汽车厂，在这时候只得乞助于荒村中的老妇人；物质文明极盛的都市里开来的汽车，在这时候也要向这起码设备的茅屋里去借用工具。乘客靠司机，司机靠机器司务，机器司务终于靠老百姓。

机器司务用茅屋里的老妇人所供给的工具和材料，做成了一只代用的螺旋钉，装在我们的病车上，病果然被他治愈了。于是司机又高高地坐到他那主席的座位上，开起车来；乘客们也纷纷上车，各就原位，安居乐业，车子立刻向前驶行。这时候春风扑面，春光映目，大家得意扬扬地观赏前途的风景，不再想起那龌龊的机器司务和那茅屋里的老妇人了。

我同Z先生于下午安抵朋友L先生的家里，玩了数天回杭。本想写一篇"莫干山游记"，然而回想起来，觉得只有去时途中的一段可以记述，就在题目上加了"半篇"两字。

一九三五年四月二十二日于杭州

子规啼血四更时 起视蚕稠怕叶稀 不信楼头杨柳月 玉人歌舞未曾归

浴佛

他虽然靠近这青年，而又叫得这般切实，但其声音在这青年的听觉上似乎不及两小孩的请愿声响亮，他两手一伸，把这条大鱼连血抛在西湖里了。

放生

一个温和晴爽的星期六下午，我与一青年君及两小孩①四人从里湖雇一叶西湖船，将穿过西湖，到对岸的白云庵去求签。为的是我的二姊为她的儿子择配，已把媒人拿来的八字打听得满意，最后要请白云庵里的月下老人代为决定，特写信来嘱我去求签。这一天下午风和日暖，景色宜人，加之是星期六，人意格外安闲；况且为了喜事而去，倍觉欢欣。这真可谓天时地利人和三难合并，人生中是难得几度的！

我们一路谈笑，唱歌，吃花生米，弄桨，不觉船已摇到湖的中心。但见一条狭狭的黑带远远地围绕着我们，此外上下四方都是碧蓝的天，和映着碧天的水。古人诗云："春水船如天上坐。"我觉得我们在形式上"如天上坐"，在感觉上又像进了另一世界。因为这里除了我们四人和舟子一人外，周围都是单纯

---

①　"一青年君"，指作者的学生鲍慧和；"两小孩"，指作者的女儿阿宝和软软。

的自然，不闻人声，不见人影。仅由我们五人构成一个单纯而和平、寂寥而清闲的小世界。这景象忽然引起我一种没来由的恐怖：我假想现在天上忽起狂风，水中忽涌巨浪，我们这小世界将被这大自然的暴力所吞灭。又假想我们的舟子是《水浒传》里的三阮之流，忽然放下桨，从船底抽出一把大刀来，把我们四人一一斫下水里去，让他一人独占了这世界。但我立刻感觉这种假想的没来由。天这样晴明，水这样平静，我们的舟子这样和善，况且白云庵的粉墙已像一张卡片大小地映入我们的望中了。我就停止妄想，和同坐的青年闲谈远景的看法、云的曲线的画法。坐在对方的两小孩也回转头去观察那些自然，各述自己所见的画意。

忽然，我们船旁的水里轰然一响，一件很大的东西从上而下，落入坐在我旁边的青年的怀里，而且在他怀里任情跳跃，忽而捶他的胸，忽而批他的颊，一息不停，使人一时不能辨别这是什么东西。在这一刹那间，我们四人停止了意识，入了不知所云的三昧境，因为那东西突如其来，大家全无预防，况且为从来所未有的经验，所以大家发呆了。这青年瞠目垂手而坐，不说不动，一任那大东西在他怀中大肆活动。他并不素抱不抵抗主义。今所以不动者，大概一则为了在这和平的环境中万万想不到需要抵抗，二则为了未知来者是谁及应否抵抗，所以暂时不动。我坐在他的身旁，最初疑心他发羊癫风，忽然一人打起拳来；后来才知道有物在那里打他，但也不知为何物，一时无法营救。对方二小孩听得暴动的声音，始从自然美欣赏中转过头来，也惊惶了说不出话。这奇怪的沉默持续了三四秒钟，始被船尾上的舟子来打破，他喊道：

"捉牢，捉牢！放到后艄里来！"

这时候我们都已认明这闯入者是一条大鱼，自头至尾有二尺多长。它若非有意来搭我们的船，大约是在湖底里躲得沉闷，也学一学跳高，不意跳入我们船里的青年的怀中了。这青年认明是鱼之后，就本能地听从舟子的话，伸手捉牢它。但鱼身很大又很滑，再三擒拿，方始捉牢。滴滴的鱼血染遍了青年的两手和衣服，又溅到我的衣裾上。这青年尚未决定处置这俘虏的方法，两小孩看到血滴，一齐对他请愿：

"放生！放生！"同时舟子停了桨，靠近他背后来，连叫：

"放到后艄里来！放到后艄里来！"

我听舟子的叫声非常切实，似觉其口上带着些涎沫的。他虽然靠近这青年，而又叫得这般切实，但其声音在这青年的听觉上似乎不及两小孩的请愿声响亮，他两手一伸，把这条大鱼连血抛在西湖里了。它临去又做一小跳跃，尾巴露出水来向两小孩这方面一挥，就不知去向了。船舱里的四人欢喜地连叫："好啊！

放生！"船艄里的舟子隔了数秒钟的沉默，才回到他的座位里重新打桨，也欢喜地叫："好啊！放生！"然而不再连叫。我在舟子数秒钟的沉默中感到种种的不快。又在他的不再连叫之后觉得一种不自然的空气涨塞了我们的一叶扁舟。水天虽然这般空阔，似乎与我们的扁舟隔着玻璃，不能调剂其沉闷。是非之念充满了我的大脑。我不知道这样的鱼的所有权应该是属谁的。但想象这鱼倘然迟跳了数秒钟跳进船艄里去，一定依照舟子的意见而被处置，今晚必为盘中之肴无疑。为鱼的生命着想，它这一跳是不幸中之幸。但为舟子着想，却是幸中之不幸。这鱼的价值可达一元左右，抵得两三次从里湖划到白云庵的劳力的代价。这不劳而获的幸运得而复失，在我们的舟子是难免一会儿懊恼的。于是我设法安慰他："这是跳龙门的鲤鱼，鲤鱼跳进你的船里，你——（我看看他，又改了口）你的儿子好做官了。"他立刻欢喜了，咯咯地笑着回答我说："放生有福，先生们都发财！"接着又说，"我的儿子今年十八岁，在××衙门里当公差，××老爷很欢喜他呢。""那么将来一定可以做官！那时你把这船丢了，去做老太爷！"船舱里和船艄里的人都笑了。刚才涨塞在船里的沉闷的空气，都被笑声驱逐出去。船头在白云庵靠岸的时候，大家已把放生的事忘却。最后一小孩跨上了岸，回头对舟子喊道："老太爷再会！"岸上的人和船里的人又都笑起来。我们一直笑到了月下老人的祠堂里。

我们在月下老人的签筒里摸了一张"何如？子曰，同也"的签，搭公共汽车回寓，天已经黑。回想白天的事，觉得可笑，就把它记录了。

二十四年三月二日于杭州

载1935年4月15日《新小说》第1卷第3期

有情世界

　　阿因的爸爸坐在椅子里看书，忽然对着书笑起来，阿因料想，书里一定有好听的故事了，就放下泥娃娃，走到爸爸面前来问：

　　"爸爸笑什么？讲给我听！"

　　爸爸指着书，又指着阿因，说道：

　　"我笑的是他和你。你们两人一样。你替凳子的脚穿鞋子，同泥娃娃讨相骂，给枕头吃牛奶。这位宋朝的大词人辛弃疾，就同你一样，他同松树讲话，你看。"

　　说着，指着书上一段，读给阿因听：

　　"昨夜松边醉倒，问松：'我醉何如？'只疑松动要来扶，以手推松曰'去！'"

　　又解给阿因听：

　　"辛弃疾喝酒醉了，倒在松树旁边的草地上。他就问松树：'喂，老松！你看我醉得什么样了？'松树不答话，它的身体动起来了，似乎要把辛弃疾扶起来。辛弃疾很疲倦，想躺在松树旁边的草地上休息一会儿，不要它来扶起。就用手推开松树的身子，喊道：'不要来扶我，你去！'"

阿因听了，很奇怪。他张大眼睛想了一会儿，也笑起来。他的笑是表示高兴。他想：大人们都说我痴。哪知大人们也是痴的。他们的痴话还要印在书上给大家看呢。自今以后，如果再有人说我痴，我就可回驳："你们大人也是痴的，有辛弃疾的书为证。"

这天晚上，阿因就去遨游"有情世界"。

他吃过夜饭，正被母亲迫着去睡的时候，忽然看见地上一块白布。他想把布拾起来。先用脚踢它一下，白布不动。仔细一看，原来是窗外照进来的月光。他抬头向窗外望，但见月亮正在对他笑，好像有话要说。他高兴极了，先向窗外喊一声："月亮姐姐，我就来了。"飞也似的跑出去了。

他跑到门外草上，仰起头来一望，月亮姐姐的脸孔比窗里看见的更加白，更加圆，更加大了。同时笑得更加可爱了。但听她说：

"阿因哥儿，到山上去野餐，他们都在等候你呢。快去拿了小篮出来，我陪你同去吧。"

阿因不及回答，三步并作两步，回进屋里，走到床前，向枕头边去取出小篮。一看，里面有半篮花生米，两包巧克力，是白天爸爸买给他的，现在正好拿上山去野餐。他提了小篮出门，说声："月亮姐姐，同去，同去！"就快步上山。月亮姐姐走得同他一样快，两人一边说话，一边上山。忽然路旁一群小声音在喊：

"阿因哥哥，月亮姐姐，我们也要去野餐，带我们同去！"

阿因回头一看，原来是一群蒲公英。阿因站住了，月亮姐姐也站住了。阿因说：

"好极，好极，我正想多几个人携着手，同上山。月亮姐姐高高地在上面走，不肯同我携手呢！"

他便伸手拉蒲公英。蒲公英们齐声叫道：

"拉不得，拉不得，我们痛得很！"

阿因一看，知道他们都是生根的，便皱着眉头，想不出办法。月亮姐姐喊道："阿因哥儿，他们是走不动的，你给他们吃些东西吧！"阿因觉得这话不错，便从小篮里取出花生米来，给蒲公英们一人一粒。蒲公英们都笑了，大家鞠一个躬，谢谢他。阿因再走上山，月亮姐姐又跟着他走，快慢完全一样。虽然不能携手，一路上都好谈话，不知不觉，已到山顶。山顶上有方平原，平原中央有一块大石、一块小石。阿因坐了小石，就把小篮里的花生米和巧克力倒在大石上，开始野餐了。他叫道："大家来吃东西！"山顶四周围站着的松树一齐"哗啦哗啦"地笑起来。阿因向四周一望，但见他们一个长，一个短，一个蓬头，一个尖头，大家正在探头探脑地望着石桌上的花生米和巧克力，嘴里都滴着口水呢。忽然附近发出一阵娇嫩的喊声，原来是睡在石桌周围的杜鹃花们：

"阿因哥哥，你这时候还来野餐？我们早已睡着，被你惊醒了！谁带你上来的呀？"

阿因点着上面说："月亮姐姐带我上来的！杜鹃花妹妹，你们睡得这么早，真是无聊！大家快点起来吃东西吧！今晚月亮姐姐这样高兴，你们不可不陪她。你们看，她的脸孔从来没有这样的白，这样的圆，这样的大，从来没有这样的可爱的呢！"

白云听见了阿因、杜鹃花们、松树们的笑语声，慢慢地从远方跑过来，也要来参加这野餐大会了。白云走到了石桌顶上，望着花生米和巧克力吞唾液。忽然松树们、杜鹃花们，一齐喊起来：

"白云伯伯，让开点，不要遮住月亮姐姐！"同时月亮姐姐也在上面喊起来：

"白云伯伯最讨厌！他老是欢喜站在我的面前，使我看不到你们。"

松树们同情月亮姐姐，接着说道：

"对啊！白云伯伯不但欢喜遮住我，有时竟会走下来，蒙住我们的头，气闷得很！这人真讨厌！"

杜鹃花们也娇声娇气地喊起来：

"白云伯伯怕你们吃东西，所以拿他那个庞大的身体来遮住你们。他想一人独吃这花生米和巧克力呢！"

白云被他们说得难为情起来，只好让开。但他的身体实在庞大，行动很不自由，过了好一会儿，阿因方才看见月亮姐姐的脸。白云伯伯被骂，阿因觉得太可怜了。他就劝道：

"白云伯伯，你下次站在月亮姐姐的后面就好了。何必一定站在她前面呢？你横竖身体伟大，她遮不到你的呢！"

月亮姐姐扑哧地笑起来。白云伯伯说：

"阿因哥儿，你不知道我的苦处，我是不能走到她后面去的。她的身体实在太娇小，我的身体实在太庞大，一不小心，就要遮住她。如今我有办法：我把身体变个样子，站在她的周围，好不好？"

阿因、松树、杜鹃花们大家赞美。白云就慢慢地变样子，先把身子伸长，变成一条，然后弯转来，变成一个白环，绕在月亮姐姐的四周。底下的人们看了这变态，大家拍手喝彩，大家吃东西，高兴得很！从此大家不讨厌白云伯伯，而且请他多吃点东西了。

大家吃饱了东西，月亮姐姐的身体渐渐地横下去，好像想休息的样子。阿因说：

"我们散会吧，月亮姐姐疲倦了，大家明天再会！"月亮姐姐要送他下山。阿因说：

"你要休息了，不必送我下山。就叫松树哥哥送我下去吧！"

杜鹃花们一齐笑起来。松树说：

"阿因弟弟，要是我们走得动，我们很想送你下去，看看世景，可惜我们是走不动的呀！我有办法：叫我们的溪涧妹妹代送吧。她是一天到晚欢喜跑路的。"

溪涧接着说话了：

"我因为忙得很，没有参加你们的野餐会。但你们的谈话我都听见；而且风伯伯把你们的花生米和巧克力包纸都带给我吃了。香气倒很好。谢谢你们。我原要下山去，就由我代表你们，陪送阿因哥儿下山吧。"

看花携酒去

素食以后

　　我素食至今已七年了，一向若无其事，也不想说什么话。这会儿大醒法师来信，要我写一篇"素食以后"，我就写些。

　　我看世间素食的人可分两种，一种是主动的，一种是被动的。我的素食是主动的。其原因，我承受先父的遗习，除了幼时吃过些火腿以外，平生不知任何种鲜肉味，吃下鲜肉去要呕吐。三十岁上，羡慕佛教徒的生活，便连一切荤都不吃，并且戒酒。我的戒酒不及荤的自然：当时我每天喝两顿酒，每顿喝绍兴酒一斤以上。突然不喝，生活上缺少了一种兴味，颇觉异样。但因为有更大的意志的要求，戒酒后另添了种生活兴味，就是持戒的兴味。在未戒酒时，白天若得两顿酒，晚上便会欢喜满足地就寝；在戒酒之后，白天若得持两回戒，晚上也会欢喜满足地就寝。性质不同，其为兴味则一。但不久我的戒酒就同除荤一样地若无其事。我对于"绿蚁新醅酒，红泥小火炉。晚来天欲雪，能饮一杯无？"一类的诗忽然失却了切身的兴味。但在另一类的诗中也获得了另一种切身的兴味。这种兴味若何？一言难尽，大约是"无花无酒过清明"的野僧的萧然的兴味罢。

被动的素食，我看有三种：第一是一种营业僧的吃素。"营业僧"这个名词是我擅定的，就是指专为丧事人家诵经拜忏而每天赚大洋两角八分（或更多，或更少，不定）的工资的和尚。这种和尚有的是颠沛流离生活无着而做和尚的，有的是幼时被穷困的父母以三块钱（或更多，或更少，不定）一岁卖给寺里做和尚的。大都不是自动地出家，因之其素食也被动：平时在寺庙里竟公开地吃荤酒，到丧事人家做法事，勉强地吃素；有许多地方风俗，最后一餐，丧事人家也必给和尚们吃荤。第二种是特殊时期的吃素，例如父母死了，子女在头七里吃素，孝思更重的在七七里吃素。又如近来浙东大旱，各处断屠，在断屠期内，大家忍耐着吃素。虽有真为孝思所感而弃绝荤腥的人，或真心求上苍感应而虔诚斋戒的人，但多数是被动的。第三种，是穷人的吃素。穷人买米都成问题，有饭吃大事已定，遑论菜蔬？他们既有菜蔬，真个是"菜蔬"而已。现今乡村间这种人很多，出市，用三个铜板买一块红腐乳带回去，算是为全家办盛馔了。但他们何尝不想吃鱼肉？是穷困强迫他们素食的。

世间自动的素食者少，被动的素食者多。而被动的原动力往往是灾祸或穷困。因此世间有一种人看素食一事是苦的，而看自动素食的人是异端的，神经病的，或竟是犯贱的，不合理的。

萧伯纳吃素，为他作传的赫理斯说他的作品中女性描写的失败是不吃肉的缘故。我们非萧伯纳的人吃了素，也常常受人各种各样的反对和讥讽。低级的反对者，以为"吃长素"是迷信的老太婆的事，是消极的落伍的行为。较高级的反对者有两派，一是根据实利的，一是根据理论的。前者以为吃素营养不足，出门不便利。后者以为一滴水中有无数微生物，吃素的人都是掩耳盗铃；又以为动物的供食用合于天演淘汰之理，全世界人不食肉时禽兽将充斥世界为人祸害；而持杀戒者不杀害虫，尤为科学时代功利主义的信徒所反对。

对于低级的反对者，和对于实利说的反对者，我都感谢他们的好意，并设法为他说明素食和我的关系。唯有对于浅薄的功利主义的信徒的攻击似的反对我不屑置辩。逢到几个初出茅庐的新青年声势汹汹似的责问我"为什么不吃荤""为什么不杀害虫"的时候，我也只有回答他说"不欢喜吃，所以不吃""不做除虫委员，所以不杀"。功利主义的信徒，把人世的一切看作商业买卖。我的素食不是营商，便受他们反对。素食之理趣，对他们

"不可说，不可说"①。其实我并不劝大家素食。《护生画集》中的画，不过是我素食后的感想的造形的表现，看不看由你，看了感动不感动更非我所计较。我虽不劝大家素食，我国素食的人近来似乎日渐多起来了。天灾人祸交作，城市的富人为大旱断屠而素食，乡村的穷民为无钱买肉而素食。从前三餐肥鲜的人现在只得吃青菜、豆腐了。从前"无肉不吃饭"的人现在几乎"无饭不吃肉"了。城乡各处盛行素食，"吾道不孤"，然而这不是我所盼望的！

二十三年观音诞

载1934年8月《海潮音》第15卷第8号。又载1934年10月4日《护生报》"动物节特刊"

---

① "不可说，不可说"，出自《普贤王菩萨行愿品》，意即"只可意会，不可言传"

物语

晴爽的五月的清晨，缘缘堂主人早起，以杨柳枝漱口，饮清水一大杯，燃土耳其卷烟一支，走近堂楼窗际，凭栏闲眺庭中的景物，作如是想：

"葡萄也贪肥。用了半张豆饼，这几天就青青满棚。且有许多藤蔓长出棚外，颤袅空中，在那里要求延长棚架了。那嫩叶和卷须中间，已有无数绿色的小珠，这些将来都是结葡萄的。预想今年新秋，棚下果实累累，色如琥珀，大如鸟卵，味甘可口，专供我随意摘食。半张豆饼的饲养，换得它这许多的报效，这植物真可谓有益于人生，而尽忠于主人的了。去年夏秋，主人客居他方，听说它生得很少而小而无味。今年主人将在此过夏秋，它颇能体贴人意，特地多抽条枝，将以博主人之欢。你看：那嫩叶儿在朝阳中向我微笑，那藤蔓儿在晨风中向我点头，仿佛在说：'我们都是为你生的呀！'

"南瓜秧也真会长！不多天之前撒下几颗南瓜子，现在变成了一座小林。那些茎儿肥胖得像许多青虫。那子叶长大得像两个浮萍。有些子叶上面还顶着一张带泥的南瓜子壳，仿佛在对我证明：'诺！我确是从你所撒下的那颗瓜子里长出来的呀！'我预备这几天就给它分秧。掘几枝种在平屋后面的小天井里，让它们长大来爬到平屋上。再掘几枝种在灶间后面的阴沟旁，让它们长大来爬在灶间上。南瓜的确是一种最可爱的作物。你想，一粒瓜子放在墙下的泥里，自会迅速地长出蔓来，缘着竹竿爬到人家的屋上。不到半年，居然会变出十七八个果实来，高高地横卧在屋顶，专让屋主随时取食，教外人无法偷取。这不是最尽忠于主人的作物吗？况且果实又肥又大，半个南瓜可烧一锅，滋味又甜又香，又可点饥，又易消化。这不是最有益于人生的植物吗？它那青虫似的苗秧，含蓄着无限的生产力，怀抱着无限为人服务的忠诚。古人咏小松曰：'时人不识凌云木，直待凌云始道高。'这两句正可拜借来赞咏我眼前的南瓜秧。看哪，许多南瓜秧在微风中摇摆着。它们大约知道我正在赞赏它们，故而装出这得意的样子来酬答我。仿佛在对我说：'我的出身虽然这么微贱，但是我有着凌云之志，将来定要飞黄腾达，以报答你的养育之恩！'

"鸽子们一齐在棚里吃早食了。雌的已会生蛋。它们对主人真亲善：每逢一只雌鸽子生了两个蛋，倘这里的小主人取食一个，它能补生一个。倘再取食一个，它能再补生一个，绝无吝色，永不表示反抗。现在我要阻止这里的小主人取食鸽蛋，让它们多孵小鸽子。将来小鸽子多了，我定要把棚扩大且加以改良，让它们住得舒服。因为它们对我的服务实在太忠诚了：我每逢出门，带几只在身边，到了远方，要使这里的主母知道我的行踪和起居，可写一封信缚在鸽子的脚上，叫它飞送。一霎儿它就带了信回家，报告主母，比航空邮便还快，比挂号信还妥当。不但省了我许多邮票，又给我许多便利，外加添了我家庭中的许多趣味。这是何等有智慧而通人意的一种小动物！我誓不杀食你们的肉，我誓愿养杀你们。啊，它们仰起头来望我了！啊，它们'咕、咕'地对我叫了。这明明是对我表示亲爱，仿佛在说：Good morning！Good morning！（早安！早安！）

"黑猫把头钻在门槛底下做什么？不错！它是在那里为我驱逐老鼠。门槛底下的洞正是老鼠出没的地方。前天我亲眼看见两只大老鼠被它追赶，仓皇地逃进这洞里去。以前我家老鼠多而且凶。白昼常常横行，晚上更闹得人不能睡眠。抽斗都变成了老鼠的便所，人所吃的都是老鼠的残食。原稿纸在桌上放过一夜，添上了老鼠的小便痕。孩子们把几粒花生米在衣袋里放过一夜，明天连衣襟都被咬破。自从这只黑猫来到我家以后，老鼠忽然肃清，家人方得安眠。真是除暴安良，驱邪降福。它的服务多么忠诚勤恳：晚间通夜不睡，放大了两个瞳孔，在满间屋子里巡查侦缉。白天偶尔歇息，也异常警惕。听见墙角吱吱一声，就猛然惊醒，勇往直前，爪牙交加，务须驱之屋外，或置之死地而后已。即使在吃饱的时候，看见了老鼠也绝不放过，宁可不吃，不可不杀。总之，它的捕鼠非为一己口腹之欲，全为我家除害。故终日终夜惶惶然，唯恐老鼠伤害了我家的一草一木。它仰起头，竖起尾巴，向我'咪呜、咪呜'地叫了。这神气多么威武，这声音又多么柔媚！好似一员小将杀退了毛贼，归来向国王献捷的模样。"

缘缘堂主人作如是想毕，满心欢喜，得意扬扬，深深地吸入一口土耳其卷烟，喷出烟气与屋檐齐高。然后暂闭两目，意欲在晨曦中静养其平旦之气。忽闻庭中哧哧作笑，呜呜作声，似有人为不平之鸣者。倾耳而听，最先说话的是葡萄：

"哈，哈，这老头子发痴！他以为我是为他生的。人类真是何等傲慢而丑恶的动物！我受天之命而降生，借自然之力而成长，何干于你？我在这里享乐我自己的生命，繁殖我自己的种子，何尝为你而生？你在我的根上放下半张豆饼，为我造棚，自以为对我有培养之恩吗？我实在不愿受这种恩，这非但对我自己的生活毫无益处，实在伤害了我！你知道吗：我本来生在山野，泥土是适我胃口的食粮，雨露是使我健康的饮料，岩壁丘壑是我的本宅，那时我的藤蔓还要粗，我的种子还要多，我的攀缘力与繁殖力比现在强得多。自从被你们人类取来豢养之后，硬要我吃过量的食料，硬把我拘束在机械的棚上，还要时时弯曲我的藤蔓，教我削足适履；裁剪我的枝叶，使我畸形发展。于是我的藤蔓变成如此细弱，我的种子变得如此臃肿。我的全身被你们造成了残废的模样。你称赞我的种子色如琥珀，大如鸟卵。其实这在我是生赘疣，生鼓胀，生小肠气病，都是你害我的！你反道这是我对你的恩惠的报效，反道我尽忠于你，真是荒天下之大唐！尤可笑者，去年我生得少，你以为是你不在家的缘故；今年我生得多，你以为是博你的欢。我又不是你的情人，为你离家而憔悴；又不是你的奴隶，在你面前献媚！告诉你吧：我因生理的关系，要隔年繁荣一次。你偶然凑巧，就以为我逢迎你，真真见鬼！人类往往做这种狂妄的态度：回家偶逢花儿未落就说它'留待主人归'；送别偶逢鸟儿闲啼，就以为'恨别鸟惊心'；出门偶逢天晴，自以为'天佑'，岂不可笑？我们与你同是天之生物，平等地站在这世间，各自谋生，各自繁殖，我们岂是为你们而存在？你以为我在微笑，在点头。其实我在悲叹，在摇头。为了你强迫我吃了半张豆饼，剪去了我许多枝叶，眼见得今秋的果实又要弄得臃肿不堪，给你们吞食殆尽，不留一粒种子。昨天隔壁三娘娘家的母猪偶然到这里来玩。我曾经同她互相悲叹愤慨。我和她同样也受你们的'非生物道'的虐待，大家变得臃肿残废而膏你们的口腹。人类真是何等野蛮的东西！自己也是生物，却全不顾'生物道'，一味自私利，有我无人。还要一厢情愿，得意扬扬。天下的傲慢与丑恶，无过于人类了！"下面继续起来的谩骂之声，是那短小精悍的南瓜秧所发的：

"人类不但傲慢而丑恶，简直是热昏！不要脸！他们自恃力强，公然侵略一切弱小生物。'弱肉强食'在这世间已成了一般公理；倘然侵略者的态度坦白，自认不讳，倒还有一点可佩服；可是他们都鬼头鬼脑，花言巧语，自命为'万物灵长'，以为其他一切生物皆为人而生，真是十八刀钻不出血的老皮面！葡萄伯伯的抗议，我不但完全同情，且觉得措辞太客气了。人这种野蛮东西，对他们用什么客气？你不知道我吃了他们多少苦头，才挣得这条小性命呢。我的母亲是一个体格强壮而身材苗条的健全的生物，被他们残忍地腰斩了，切成千刀万块，放在锅子里烧到粉身碎骨。那时我同众兄弟还在娘肚皮里，被他们堕胎似的取出，盛在篮里，放在太阳光里晒。我们为了母亲的被害，已不胜哀悼；自己的小性命是否可保，又很忧虑。果然，晒了一天，有一人对着我们说'南瓜子可以吃了！'我们惊起一看，其人正是这自命为主人的老头子！他端起我们的篮来，横七竖八地摇了一会儿，对那老妈子说：'拿去炒一炒！'这死刑的宣告使我们众兄弟同声号哭，然而他们如同不闻，管自开锅发灶，准备我们的刑场。幸而有一个小姑娘，她大概年纪还小，天良还没有丧尽，走过来对老妈子说：'不要全炒，总要给它们留些种子的！'我们有了免于灭族的希望，觉得死也甘心。大家秉公持正，仓皇地推选，想派几个体格最健全的兄弟留着传种，以绍承我母的血统。谁知那小姑娘不管我们本人的意见，随手抓了一把，对那老妈子说：'这一点拿去种，余多的你炒吧！'我幸而被抓在她的手里，又不幸而不是最健全的一个。然而有此虎口余生，总算不幸中之大幸。现在这父母之遗体靠了土地的养育，和雨露的滋润，居然脱壳而出，蒸蒸日上，也可以聊尽子责而告慰泉壤了。但看这老头子的态度，我又起了无限的恐惧。我还道他家的小姑娘天良没有丧尽，慈悲地顾念我母的血食；原来不然，他们都全为自己，想等我大起来，再吃我的子孙！他贪恋我们的果实又肥又大，滋味又甜又香，何等可恶的老馋！他以为我们忠于主人，有益于人生；怀抱着为人服务的忠诚，何等荒唐的胡说！我们自有天赋的生产力，和天赋的凌云之志，但岂是为你们而生，又岂是你们所能养成？可惜我的根不能移动，若得像那鸽子，我早已飞出这可诅咒的牢狱和刑场，向大自然的怀里去过我独立自主的生活了！"南瓜秧说到这里，鸽子就接上去说：

"你的话大都是我所同情的。不过听到你最后的话，似有讥讽我能飞不飞，甘心为奴的意思，这使我不得不辩解了。古语云'一家不晓得一家事'，难怪你怀疑于我。现在我把我们的生活情形告诉你吧：人对我的待遇，除了偷蛋可恶以外，其余的我都只觉得可笑。以为我对人亲善，服务忠诚，全是盲子摸象！我们的祖先本来聚居在山野中，无拘无束，多么自由的生活！后来不知怎样，被人捕到城市，豢养在囚笼里。我们有一种独特而力强的遗传性，就是不忘我们的诞生地。人类有一句话，叫作'狐死正首丘'，又有俗语说'树高千丈，叶落归根'，他们也认为这是一种美德。我们因有这种遗传性的缘故，诞生在城市中的虽然飞翔力并不退化，却无意飞回山野。人类就利用我们这习性，为我们在庭院里筑窠巢，从单方面擅定我们是他们所豢养的，还要单恋似的说我们对人亲善，岂不可笑！我们为有上述的遗传性，大家善于记忆。即使飞到了数千百里之外，仍能飞回原处，绝对不要找警察问路。因此人类又来利用我们，把信札缚在我们的脚上，托我们带回。纸儿并不重，我们也就行个方便。但这是'乘便'，不是专差，人类却自以为我们是他们的专差，称我们为'传书鸽'，还要谬赞我们服务忠诚，岂不更可笑吗？尤可笑的，我们有几个住在军队中的兄弟，不幸在战场上中了流弹，短命而死，军人居然为它们建筑坟墓，天皇还要补送它们勋章，教它们受祭奠。哈哈，我们只为了恪守祖先的遗志，不忘自己的根本，故而不辞冒险，在战场上来往；谁肯为这种横暴的侵略者做走狗呢？老实说，若不为了他们那种优良的食物的供养，我们也不肯中他们的计。只是那种食物太味美了，我们倒有些儿舍不得。横竖我们有的是翅膀，飞过战场也没有什么可怕，也乐得多吃些美食，在那里看看人类自相残杀的恶剧吧。这里的主人每逢托我带信回家，主母来接取我脚上的纸儿时，也必拿许多优良的食物供奉我。我为贪食这些，每次总是赶快回来。他们却误解了，以为我服务忠诚，真是冤哉枉也！也许他们都知道，为欲装'万物灵长'的场面，故意假痴假呆，说我们忠诚。那更是可笑而可耻了！刚才我在这里向朝阳请早安，那老头儿却自以为我在对他说'Good morning'。这便是可笑可耻的一端。"黑猫也昂起来说话了。

"鸽子哥儿的话好像是代替我说的！我的境遇完全和你一样，我的猫生观也和你相同。那老头儿以为我在这里为他驱鼠，谬赞我服务忠诚，并且瞎说我的捕鼠不为口腹，全为他家除害，唯恐老鼠伤害了他家的一草一木，在我也常觉得荒唐可笑。把我的平生约略地告诉你吧：我本来住在这里的邻近人家的。因为那人家自己没饭吃，更没有钱买鱼来供养我；他们的房子又异常狭小，所有的老鼠很少；即使有几只，也因为那屋破得可以，瓦上，壁上，窗户上，处处有不大不小的隙缝，老鼠可以自由逃窜，而我猫却钻不进去。我往往守候了好几天，没有一只老鼠可得，因此我只得告辞，彷徨歧途。偶然到这屋檐上窥探，看见房子还高大，布置还像样。我正想混进来找些食物，这里小姑娘已在檐下模仿我的叫声而招呼我了。不久那老妈子拿了一只碗走到檐下，对着我'叮叮叮叮'地敲起来。我连忙跳下来就食：碗里的东西真美味，全是我所最欢喜的鱼类！我预备常住在这里。但闻那老妈子说：'这猫不知是从哪里来的。这般瘦，看来是没有人家养的。我们养了吧，老鼠太多，教它赶老鼠。'那小姑娘说：'这只猫样子也好看！我们养了它！不要忘记喂食！'我听了这话，就决心常住在这里了。他们的供养的确很好。外加前后许多屋子，都有无数的老鼠，任我随时捕食。现在老鼠虽已减少，且都警戒，只要用点功夫，或耐心装个假睡，也总可捞得一个。我们也有一种独特的遗传性，就是欢喜吃老鼠。老鼠比鱼更好吃。所以我虽在刚刚吃饱鱼饭的时候，见了老鼠仍是感到一种说不出的香味，不由得要捉住它。老实说，这里倘没有了上述的食物，我早已告辞了。那老头儿还说我为他服务忠诚，是上了我的当，不然，便如你所说，他是假痴假呆地夸口，以助'万物灵长'的威风。刚才我因为早晨没有吃过，追老鼠又落个空，仰起头来喊他给我备早饭，他却视我为献媚、献捷，也是人类可笑可耻的一个实例！——照理，正如葡萄先生和南瓜小姐所主张，我们都是受命于天而长育于地的平等的生物，应该各正性命，不相侵犯。但这道理太高，像我兄弟就做不到。但我们自认吃鱼吃老鼠不讳，态度是坦白的。至于像人类这样巧立了'灵长'的名目而侵略万物，还要老着面皮自以为'万物为我而生'，我们是不屑为的！"

缘缘堂主人倾耳而听，不漏一字；初而惊奇，继而惶恐，终于羞惭。想要辩解，一时找不出理由。土耳其卷烟熄，平旦之气消，愀然变容，悄然离窗，隐几而卧。

二十五年（1936）五月十三日作，曾载《宇宙风》

端午

染坊店里的伙计祁官，端午的早晨忙于

制造蒲剑：向野塘采许多蒲叶来，选取

最像宝剑的叶，加以剑柄，预备正午时

和桃叶一并挂在每个人的床上。

五月

　　预计五月赴杭州西湖旅行写生，寓弥陀寺大愿师处，一个月。现在离这时期还有二十天。虽然我不一定会照预计实行，或者虽实行而结果不一定如意。但未来的预计，往往富有兴趣与希望。我过去的生活，是端赖这种兴趣希望维持的。现在不妨对于我的五月写生旅行生活，做种种的预想。

　　我应该置备些什么用品？这是第一个问题。画箱、水筒、纸、笔，我都有了。只须添买些颜料。颜料须特别多买几瓶Lemon yellow（柠檬黄）和Prussian blue（普蓝）。因为这两者可以调成绿色，而绿色是五月的自然界最丰富的色彩。我的画中一定要多量地使用。于是我闭着两眼一看，固然看见浓绿的草木，充塞于西湖的四周，好像一条大而厚的绿绒毯子，包裹了湖上的诸山。我的写生旅行生活的预想，便增添了不少的兴趣与希望。我确定我的写生一定成功。虽然我久不写生，数年来作画但凭记忆或想象，但这一回一定不会失败。因为绿色充满在我的画面中。这是象征和平的色彩。无论我的笔法构图何等幼稚、拙劣，只走几笔绿色也可以慰人心目。我将来写西湖上的青山绿树时，准拟把绿的颜料特别浓重地涂抹，使这和平的色彩稳固地、永久地保留在我的画面里。古人称"绿肥红瘦""绿暗红稀"，又说"断送一年春在绿荫中"。都有怜惜红的减却，而怪怨绿的发展的意思。我真不解他们的心理。自然界中，绿色比红色在分量上普遍得多，在性质上可亲得多。以绿代红，使风景增加和平与美丽，该应是可喜的事，又何用嗟叹？不必说白然风景，就是这几天在上海跑马路，也常实际地感到这一点。跑到十字路口，看见红灯使人不快。它要你立着等待几分钟才得通过。反之，看见绿灯就觉得和平可亲。它仿佛在向你招手，保你平安地穿过"如虎口"的马路去。

但我又预想我的五月旅行，倘不仅画自然界的写生，而又去画人间界的感想。我又非特别多买几瓶Vermillion（朱红）和Rose Madder（玫瑰红）不可。因为人间界的五月，不是绿的而是红的。自五一至五卅，不是有许多天含着危险和血腥的回想吗？要画五月的人间，非多量地施用红色不可。这使我觉得奇怪，五月的自然界与人间界，为什么演成了这般反对的状态？我的预想便转入支路：五月大约就是阴历的四月。阴历四月被称为清和月，风景清丽，气候温和，是一年中最好的季节。古人云："一年好景君须记，最是橙黄橘绿时。"橙黄橘绿原也是一种美景，但远不及青山绿野的广大普遍。况且时近冬令，寒气肃杀，在人间界不能说是良辰。美景而兼良辰的，一年中只有五月。就五月的自然界说，冬的寒气已经全消，夏的炎威尚未来临。四六时中，气候温和。无论晌午夜分，皆可自由起居行动。这是自然对人的恩宠期。故西洋旧俗以五月为行乐之月，在户外举行种种的May-games（五月游艺）。由此可知五月的自然界与人间界，本来是最调和的。倘得五月中的许多纪念日都变了May-games的举行期，我们的生活何等幸福？我也可省下买Vermillion与Rose Madder的铜板来，向新市场的采芝斋买些粽子糖，和大愿和尚共吃了。

二十三年四月八日

载1934年5月《中学生》第45号，题为《五月预想》，文末署"一九三四年四月十三日于上海客寓"。又载1947年6月30日《天津民国日报》，改题为《五月写生旅行》

端阳忆旧

　　我写民间生活的漫画中，门上往往有一个王字。读者都不解其意。有的以为这门里的人家姓王。我在重庆的画展中，有人重订一幅这类的画，特别关照会场司订件的人，说："请他画时在门上改写一个李字。因为我姓李。"这买画人把画中房屋当作自己家里看，其欣赏态度可谓特殊之极！而我的在门上写王字，也可说是悖事之至！因为这门上的王字原是端五日正午用雄黄酒写上的。我幼时看见我乡家家户户如此，所以我画如此。岂知这办法只限于某一地带；又只限于我幼时，现在大家懒得行古之道了。许多读者不懂这王字的意思，也是难怪的。

　　我幼时，即四十余年前，我乡端午节过得很隆重：我的大姐一月前头就制"老虎头"，预备这一天给自家及亲戚家的儿童佩戴。染坊店里的伙计祁官，端午的早晨忙于制造蒲剑：向野塘采许多蒲叶来，选取最像宝剑的叶，加以剑柄，预备正午时和桃叶一并挂在每个人的床上。我的母亲呢，忙于"打蚊烟"和捉蜘蛛：向药店买一大包苍术白芷来，放在火炉里，教它发出香气，拿到每间房屋里去熏。同时，买许多鸡蛋来，在每个的顶上敲一个小洞，放进一只蜘蛛去，用纸把洞封好，把蛋放在打蚊烟的火炉里煨。煨熟了，打开蛋来，取去蜘蛛的尸体，把蛋给孩子们吃。到了正午，又把一包雄黄放在一大碗绍兴酒里，调匀了，叫祁官拿到每间屋的角落里去，用口来喷。喷剩的浓雄黄，用指蘸了，在每一扇门上写王字；又用指捞一点来塞在每个孩子肚脐眼里。据说，老虎头、桃叶、蒲剑可以驱邪，蜘蛛煨蛋可以祛病，苍术白芷和雄黄可以驱除毒虫及毒气。至于门上的王字呢，据说是消毒药的储蓄；日后如有人被蜈蚣毒蛇等咬了，可向门上去捞取一点端午日午时所制的良药来，敷在患处，即可消毒止痛云。

世相无常，现在这种古道已经不可多见，端阳的面目全非昔比了。我独记惦门上这个王字。并非要当作DDT用，却是为了画中的门上的点缀。光裸裸地画一扇门，怪单调的；在门上画点东西呢，像是门牌，又不好看。唯有这个王字，既有装饰的效果，又有端阳的回想与纪念的意味。从前日本废除纸伞而流行"蝙蝠伞"（就是布制的洋伞）的时候，日本的画家大为惋惜。因为在直线形过多的市街风景中，圆线的纸伞大有对比作用，有时一幅市街风景画全靠一顶纸伞而生色；而蝙蝠伞的对比效果，是远不及纸伞的。现在我的心情，正与当时的日本画家相似。用实利的眼光看，这事近于削足适履。这原是"艺术的非人情"。

1947年

原载1947年6月23日《申报·自由谈》

前面好青山　舟人不肯住

种兰不种艾

吃过夜饭，母亲到灶间里去了，父亲和五个孩子坐在客间里休息。五个孩子的名字，是一号、二号、三号、四号和五号。一号是十二岁的男孩。二号是十一岁的女孩。三号是十岁的男孩。四号是八岁的女孩。五号是六岁的男孩。

父亲点着一支香烟。四号先开口："讲故事了！"五号喊一声："大家听故事！"一号、二号、三号大家坐坐好，眼睛看着父亲。

父亲说："今天不要我一个人讲，要大家讲。"一二三号同时嚷起来："我们不会讲的！爸爸讲。"四五号模仿着喊："我们不会讲的！爸爸讲。"

爸爸说："我先讲。今天讲一首诗。"就抽开抽斗，拿出铅笔纸张来，把诗写给他们看：

种兰不种艾，兰生艾亦生。根荄相交长，茎叶相附荣。

香茎与臭叶，日夜俱长大。锄艾恐伤兰，溉兰恐滋艾。

兰亦未能溉，艾亦未能除。沉吟意不决，问君合何如？

　　一号、二号看了略略懂得；三号以下，字还没有完全识得，爸爸就替他们解说："这是唐朝的诗人白居易作的诗。意思是说：他种兰草，并不种艾草。因为兰草是香的，而艾草是臭的。但是兰草的旁边，自己生出许多艾草来。兰草的根和艾草的根搞在一起，兰草的叶茎和艾草的茎叶也混杂了生长。香的茎和臭的叶，日日夜夜一同长大起来。他想用锄头把艾草锄去，但恐怕伤了兰草。他想用水浇兰草，又恐怕艾草得到水更长大了。于是乎，兰草也不能浇，艾草也不能除。他想来想去，决不定办法，问你应该怎么办。"

　　二号、四号两个孩子说："把艾草一根一根地拔去。"爸爸说："它们的根搞在一起，拔艾草的根，兰草的根会带起来！"一号、三号两个男孩子说："统统拔起，另外种过兰草！"爸爸说："连兰草也拔，很可惜，这办法不好。"五号说："叫艾草也变成香的。"爸爸和一二三四号笑起来。爸爸说："它不肯变的！"二号这女孩子最聪明，她眼睛看着天花板，笑嘻嘻的若有所思。爸爸问："二号想什么？"二号说："这首诗真好！它是比方世间的事。世间有许多事，同这一样难办。"爸爸点头说："对啊！"一三四号大家点头，说："对啊！"五号这六岁的男孩子想了一想，也点点头说："对啊，对啊！"

爸爸说："你们大家说对，现在要每人说出一件事体来，同这事一样难办的。五号先说！"五号不假思索地说："妈妈裹的肉粽子，肉很好吃，糯米不好吃。我想只吃肉，不吃糯米，妈妈说：'不行，要吃统统吃，不要吃统统不吃。'"说到这里，五号一脸悲愤。

一二三四号笑起来。四号这女孩子笑得最多，她旋转头去低声问五号："糯米也很好吃的呀，你为什么不要吃呢？"大家又笑起来。爸爸说："五号讲得很好。不管糯米好吃不好吃，总之，这件事说得很对，正同种兰不种艾一样。这回要四号讲了。"

四号想了一想，怕难为情，不肯讲。大家催促她。她终于讲了："我昨天对王老师说：我只要上唱歌、游戏和图画，不要上国语和算术。王老师说：'不行，要上统统上，不要上统统不上，你回家去吧。'我气死了。"

大家又笑起来。二号向四号白一眼说："你不上国语、算术，将来不能毕业，老是一个小学生。"爸爸说："二号的话是对的。不过四号这件事，比方得也很对。四号很乖。以后用功学国语、算术，还要乖起来呢。如今要三号讲。"

三号早已预备好，眼睛看着电灯，说道："我最欢喜电灯的光，但最不欢喜那些飞虫（注：他们的家住在西湖边，天气一热，有小虫群集，在电灯四周飞舞）。它们会撞到我眼睛里，钻进我鼻子里，又要掉在菜碗里。我关了电灯，它们都去了。我开了电灯，它们又来了。我要电灯，不要飞虫，有什么办法呢？"他接着吟起诗来："要光不要虫，光来虫亦来——"把来字拖得很长，好像爸爸读诗的调子，引得大家大笑起来。

　　爸爸说："三号说得好！如今要二号说了。二号是最会讲话的，一定说得更好！"二号不慌不忙地说了："我倒想起了逃难到大后方的一件事：我们为了怕警报，住在重庆乡下的荒村里的时候，房东人家养一只凶狗，为了防强盗（注：四川人称窃贼为强盗）。有了凶狗，果然强盗不敢来了。但是客人也不敢来了。除了房东家熟悉的常来的几个人以外，其他的生客，它一见就要咬。我们的客人都是生客，一个也不敢来看我们。弄得我们好寂寞！当时我想，最好这狗能分别强盗和客人，咬强盗不咬客人。但它不行。"三号又作诗了："不要强盗要客人，强盗不来客人也不来。"大家笑起来。二号说："这两句不成诗，哪有九个字一句的？"三号说："我这是白话诗！你问爸爸，白话诗随便几个字都可以的，爸爸是吗？"

　　"你不要胡闹！"爸爸说，"二号讲得果然更好。如今一号

122

最后讲了。"一号说："我讲的也是抗战期间的事：那时我们的美国飞机到沦陷区汉口等地方炸日本鬼。那些日本鬼很调皮，和中国人混住在一起。我们的美国飞机……"二号模仿一句："我们的美国飞机。"

一号旋转头去看她说："美国是我们的盟国！难道不好说'我们'的？"二号说："好，好，你讲下去！"一号续说："盟军的飞机想炸死日本鬼，就连中国人也炸死。想不炸死中国人，就连日本鬼也不炸死。"爸爸拍手说："一号说得最好。到底是一号！"母亲从灶间走出来了："我一边收拾灶间，一边听你们讲故事呢。你们讲得都很好。你爸爸说一号说得顶好，我道是五号说得顶好。"她拉五号到怀里，摸他的头，说："你要吃肉，不要吃糯米，明天我烧一大碗肉给你吃。"

三十六年五月二日于杭州作

载1947年7月1日《儿童故事》第8期

野外理发处

　　我的船所泊的岸上，小杂货店旁边的草地上，停着一副剃头担。我躺在船榻上休息的时候，恰好从船窗中望见这副剃头担的全部。起初剃头司务独自坐在凳上吸烟，后来把凳让给另一个人坐了，就剃这个人的头。我手倦抛书，而昼梦不来。凝神纵目，眼前的船窗便化为画框，框中显出一幅现实的画图来。这图中的人物位置时时在变动，有时会变出极好的构图来，疏密匀称，姿势集中，宛如一幅写实派的西洋画。有时微嫌左右两旁空地太多太少，我便自己变更枕头的放处，以适应他们的变动，而求船窗中的妥帖的构图。但妥帖的构图不可常得，剃头司务忽左忽右忽前忽后，行动变幻莫测，我的枕头刚刚放定，他们的位置已经移变了。唯有那个被剃头的人，身披白布，当模特儿一般地静坐着，大类画中的人物。

　　平日看到剃头，总以为被剃者为主人，剃者为附从。故被剃者出钱雇用剃头司务，而剃头司务受命做工；被剃者端坐中央，而剃头司务盘旋奔走。但绘画地看来，适得其反：剃头司务为画中主人，而被剃者为附从。因为在姿势上，剃头司务提起精神做工，好像雕刻家正在制作，又好像屠户正在杀猪。而被剃者不管是谁，都垂头丧气地坐着，忍气吞声地让他弄，好像病人正在求医，罪人正在受刑。听说今春杭州举行金刚法会时，班禅喇嘛叫某剃头司务来剃一个头，送他十块钱，剃头司务叩头道谢。若果有其事，这剃头司务剃"活佛"之头，受十元之赏，而以大礼答谢，可谓荣幸而恭敬了。但我想当他工作的时候，"活佛"也是默默地把头交付他，任他支配的。假如有人照一张"喇嘛剃头摄影"，挂起来当作画看，画中的主人必是剃头司务，而喇嘛为剃头司务的附从。纯粹用感觉来看，剃头这景象中，似觉只有剃头司务一个人；被剃的人暂时变成了一件东西。因为他无声无息，呆若木鸡；全身用白布包裹，只留出毛毛糙糙的一个头，而这头又被操纵在剃头司务之手，全无自主之权。请外科郎中开刀的人要叫"哎哟哇"，受刑罚的人要喊"青天大老爷"，独有被剃头的人一声不响，绝对服从地把头让给别人弄。因为我在船窗中眺望岸上剃头的景象，在感觉上但见一个人的活动，而不觉得其为两个人的勾当。我很同情于这被剃者：那剃头司务不管耳、目、口、鼻，处处给他抹上水，涂上肥皂，弄得他淋漓满头；拨他的下巴，他只得仰起头来；拉他的耳朵，他只得旋转头去。这种身体的不自由之苦，在照相馆的镜头前面只吃数秒钟，犹可忍也；但在剃头司务手下要吃个把钟头，实在是人情所难堪的！我们岸上这位被剃头者，忍耐力格外强：他的身体常常为了适应剃头司务的工作而转侧倾斜，甚至身体的重心越出他所坐的凳子之外，还是勉力支撑。我躺在船里观看，代他感觉非常吃力。人在被剃头的时候，暂时失却了人生的自由，而做了被人玩弄的傀儡。

我想把船窗中这幅图画移到纸上。起身取出速写簿，拿了铅笔等候着。等到妥帖的位置出现，便写了一幅，放在船中的小桌子上，自己批评且修改。这被剃头者全身蒙着白布，肢体不分，好似一个雪菩萨。幸而白布下端的左边露出凳子的脚，调剂了这一大块空白的寂寥。又全靠这凳脚与右边的剃头担子相对照，稳固了全图的基础。凳脚原来只露一只，为了它在图中具有上述的两大效用，我擅把两脚都画出了。我又在凳脚的旁边，白布的下端，擅自添上一朵墨，当作被剃头者的黑裤的露出部分。我以为有了这一朵墨，白布愈加显见其白；剃头司务的鞋子的黑在画的下端不致孤独。而为全图的主眼的一大块黑色——剃头司务的背心——亦得分布其同类色于画的左下角，可以增进全图的统调。为求这黑色的统调，我的签字须写得特别粗大些。

船主人于我下船时，给十个铜板与小杂货店，向他们屋后的地上采了一篮豌豆来，现在已经煮熟，送进一盘来给我吃。看见我正在热心地弄画，便放了盘子来看。"啊，画了一副剃头担！"他说，"像在那里挖耳朵呢。小杂货店后面的街上有许多花样：捉牙虫的、测字的、旋糖的，还有打拳头卖膏药的……我刚才去采豆时从篱笆间望见，花样很多，明天去画！"我未及回答，在我背后的小洞门中探头出来看画的船主妇接着说："先生，我们明天开到南浔去，那里有许多花园，去描花园景致！"她这话使我想起船舱里挂着的一张照相：那照相里所摄取的，是一株盘曲离奇的大树，树下的栏杆上靠着一个姿态娴雅而装束楚楚的女子，好像一位贵妇人；但从相貌上可以辨明她是我们的船主妇。大概这就是她所爱好的花园景致，所以她把自己盛妆了加入在里头，拍这一张照来挂在船舱里的。我很同情于她的一片苦心。这照片仿佛表示：她在物质生活上不幸而做了船娘，但在精神生活上十足地是一位贵妇人。世间颇有以为凡画必须优美华丽的人；以为只有风、花、雪、月、朱栏、长廊、美人、名士是画的题材的人。我们这船主妇可说是这种人的代表。我吃着豌豆和这船家夫妇俩谈了些闲话，他们就回船梢去做夜饭。

1934年6月10日

茅店

七夕

七夕牛女鹊桥相会，常为诗人词客的好题材，古来佳作不计其数，各人别出心裁。有人说：「多情欲话经年别，哪有工夫送巧来！」

牛女 [①]

　　七月七日之夜，牛郎织女鹊桥相会。这神话历史悠久，梁宗懔的《荆楚岁时记》中即有记载。织女这名词，由来更久，诗《小雅》中已见；《汉书》《天文志》中说此乃天帝的孙女，故名天孙。大约因此产生神话，说天帝将织女嫁与牛郎后，织女废织，牛郎废耕。天帝怒，将二人分置银河两岸，只许每年七月七日之夜相会一度。《荆楚岁时记》中说："是夕人家妇女结彩缕穿针，陈设几筵酒脯瓜果于庭中以乞巧。"我小时候，吾乡还盛行此风俗。我家姊妹多，祭双星时，大家在眉月光中穿针，穿进者为乞得巧。我这男孩子也来效颦，天孙总是不肯给巧。这些虽是迷信的玩意儿，回想起来甚有趣味。古人云："不为无益之事，何以遣有涯之生？"

　　七夕牛女鹊桥相会，常为诗人词客的好题材，古来佳作不

　　① 　本篇曾收入《缘缘堂随笔集》（1983）。

计其数，各人别出心裁。有人说："多情欲话经年别，哪有工夫送巧来！"有人翻案，说："金风玉露一相逢，便胜却人间无数。"又说："两情若是久长时，又岂在朝朝暮暮！"又有人揶揄他们，说"笑问牵牛与织女，是谁先过鹊桥来？"又有人异想天开，说他们是夜夜相会的："人间都道隔年期，岂天上方才隔夜。"有道是"山中方七日，世上已千年"，则何妨说"天上方一日，世上已隔年"呢。但这些都是诗人弄笔，博人一笑。总之，牛女会少离多，常得世间旷夫怨女的同情。"天孙莫怅阻银河，汝尚有牵牛相忆"可谓沉痛之语。《古诗十九首》中也同情他们："迢迢牵牛星，皎皎河汉女。纤纤出素手，扎扎弄机杼。终日不成章，泣涕零如雨。河汉清且浅，相去复几许。盈盈一水间，脉脉不得语。"可谓寄托深远。

牵牛花

　　牵牛花这东西很贱，去年的种子落在花台里，花台曾经拆造过，泥曾经翻过；今年夏天它们依然会生出来，生了十几支。

　　牵牛花这东西很会攀附。我在花台旁的墙壁上钉好几排竹钉，在竹钉上绊许多绳子。牵牛花的蔓就会缘着绳子攀附上去。攀附得很牢，而且很快。

　　牵牛花这东西很好高，一味想钻上去，不久超过最高一排竹钉之上。我在其上再加一排竹钉和绳。过了一夜，它又钻在这排竹钉之上了。加了几次，后来须得用梯爬上去加；但它仍是一味好高，似乎想超过墙顶，爬上天去才好。

　　这种花在日本被称为朝颜，它们只能在破晓辰光开一下；太阳一出，它们统统闭缩，低下头去，好像很难为情，无颜见太阳似的。

1934年7月24日

薔薇之刺　子愷畫

薔薇之刺

珍珠米

　　叶心哥暑假回家时，我们还有三天大考。我对叶心哥说："你们中学生太便宜了！"他回答道："你不必小气，你吃亏煞也只三天。下学期你也是中学生了。"这话使我猛然想起了未来的事：留级，毕业，辍学，升学，落第，考取……许多念头盘旋于我的脑际，好像许多不可捉摸的幻影。而想起了离去母校，分别旧友，又觉得心绪缭乱，连预备大考的勇气也被减杀了。

　　现在，最后的三天大考居然过去了。成绩已经算决，我的总平均居然及格，毕业已经确定了。以前盘旋脑际的不可捉摸的幻影，现在变成了一种对于未来的预想。而别离的情绪，今天愈觉得黯然了。我在教室中整理抽斗时，想起这是永远的告别，觉得教室中一切都可爱起来。那只底板上有着许多裂缝的抽斗，以前常把我的铅笔或橡皮漏落在地上，我很讨厌它，常用砖头把它死命地敲；现在觉得抱歉起来。那张刻着许多小刀痕的桌面，以前常使我的铅笔刺破纸头，我更讨厌它；现在细看这些看熟了的刀痕，也觉得对它们有些依依难舍。从我的座位里望到黑板上，左角常有一大块白白的反光，字迹看不清楚。以前我最讨嫌这一点，每逢抄札记的时候，身子弯来弯去，非常吃力。今后即使我愿意吃力，也不可再得了。这些还在其次，最使我不能忘却的要算几位先生的印象：校长先生的秃头，级任先生的浓眉毛，潘先生的红鼻头，华先生的两个大牙齿，我已看得很熟，一闭眼睛就可想象来。校长先生的"还有"，级任先生的"不过"，史先生的"差不多"，华先生的音乐的"诸位小朋友"，我们都听得很熟，有几位同学能模仿得很像。这些形状，这些音调，今后我永远不能常常接近了。想到这里，我心中起了一种悲哀——爸爸称之为"多情的悲哀"。他说我爱读《爱的教育》，性格受了它的影响。有一次他指着该书的开头第一页对我说："这种人太多情。安利珂升了四年级，看见三年级时的红头发先生感到悲哀，已经多情了。二年级时的女先生因为安利珂此后不再走过她的教室的门口而悲哀，实在是多情过度，变成多事了。"我今天的种种想念，恐怕也是多事。但我竭力抑制自己的感情，毅然地把抽斗撒空，准备离去这学校，向我的前途勇猛精进。

华先生带了两个大牙齿走进教室来。一声音乐的"诸位小朋友"之后，我们知道他有话说了，大家同上课一样就座静听。他继续说道："你们的大考已经完毕，成绩大家及格，现在只等候毕业式了。这是很可喜的事。美术是不考试的。但你们此后不再来校，应该留点成绩在校里，他日也可和别班比较。平时成绩固然已经选留了若干幅，但都不是最近作的。今天下午没事，大家回到屋里去，各自画一幅写生画，留在校里当作毕业成绩，大家愿意吗？"我们齐声说："愿意！"他接着说："画什么不拘，画的大小也不拘，用不用颜色也不拘，只要是写生——忠实的写生。这可以表示你们在校学了几年图画，眼的观察力和手的描写力修养到了什么程度。但是不可叫别人代画，代画了我一看就看出。"他在最后一次的课中竟说这近于侮辱的话，似乎觉得难为情，立刻改正了说："但我知道你们一定不愿意的。"我们又齐声说："不愿意！"

中午，我夹着一大包书回家，在路上考虑图画的题材。这样，那样，想不定当。走进家里，看见桌上放着热腾腾的一只篮，篮里盛着许多刚蒸熟的玉蜀黍。"茂春姑夫家送来的"，被我一猜就着。这是我的爱物，为了它有黄色的长须，像洋团团的头发；乳色的粒，像象牙雕成的珠子。蒸熟以后这些珠子变成金黄色，更加可爱。它有一种异香，好像香粳米的香气。这香气使饿肚皮的人闻了很舒服。它有一种异味，非甜非咸，令人多吃不厌。但我的欢喜它，不仅为了好吃，又为了好玩。我的玩法有种种。有时我先把米粒统统摘落，藏在袋里，好像一袋精小的黄豆，一粒一粒地摸出来吃。有时我在玉蜀黍上摘出花纹来，兴味更好。条纹的，圈纹的，斜纹的，点纹的，种种图案都可排成。食物之中，我所最欢喜的，是山芋和这玉蜀黍。山芋可吃之外又可雕版印刷，玉蜀黍则可吃之外又可排图案。这两种食物，可说是实用性与趣味兼备的东西。玉蜀黍的名称有种种：六谷、粟米、梆子、玉米、玉麦、鸡头粟、珠珠粟、珍珠米，都是它的名称。我觉得"珍珠米"这名字最适切又最好听。我欢喜这样称呼它。下午我就为珍珠米写生。

长台底下，还有一篮未曾烧熟的珍珠米。生的外面裹着衣，又有长须，比熟的好看。我拣了两个，一个有衣的，一个无衣的，把它们横卧在桌上。一小一大，一近一远，一繁一简，一客一主，配置也很相宜。我用铅笔打了轮廓，涂上阴影，已经有些立体感。再加上一层黄色的淡彩，写实的效果愈加显著。这最后一回的写生练习趣味真好！以前在学校的图画课中写生，何以没有这样好的趣味呢？细想起来，原因很多：最后一回特别起劲，是一个原因；珍珠的可爱又是一个原因。而最大的原因，还在写生的设备上。以前在教室里写生，三四十人共看一个模型，模型的位置最难妥帖。只有少数人所望见的位置恰好，其余的多数人，所望见的位置就不好看了。华先生曾经注意这点困难，有一次他办了十种模型，把我们分成十组，教每组三四个人共写一个模型，位置的确容易安排。但因先生的预备教材太麻烦，所以不能常常应用这办法。今天我在家里自办模型，独自写生，当然比学校里的分组更加自由了。学图画同弹琴一样，是不适于共同学习而宜于个别教练的。明天拿这张画向华先生交卷时，想把这一点意思告诉他，请他在下学期想个妥善的写生办法。我们虽然出校了，其余的同学可得许多便利呢。

载1936年7月10日《新少年》第2卷第1期

自制望远镜

天的文学

晚上九点半钟以后，孩子们都已熟睡，别人不会再来找我，便是我自己的时间了。

照例喝过一杯茶，用大学①眼药擦过眼睛，点起一支香烟，从书架上抽了一张星座图，悄悄地到门前的广场上去看星。

一支香烟是必要的。星座位置认不清楚的时候，可以把它当作灯，向图中探索一下。

看到北斗沉下去，只见斗柄的时候，我回到房间里，拿一册《天文学》来一翻。用铅笔在纸上试算：地球一匝为七万二千里，光每秒钟绕地球七匝，即每秒钟行五十万四千里；一小时有三千六百秒，一天有八万六千四百秒，一年有三万一千一百零四万②秒；光走一年的路长，为五十万四千乘三万一千一百零四万里，即一"光年"之长。自地球到织女星的距离为十光

---

① 注：日本大阪参天堂药铺产销的一种眼药牌子。

② 注：作者计算有误。应为三千一百五十三万六千。

年，到牵牛星的距离为十四光年，到大熊星的星云要一千万光年！……我算到这里，忽然头痛起来，手里的铅笔沉重得不能移动，没有再算下去的精神了。于是放下铅笔，抛弃纸头，倒在床里了。

我躺在床上，从枕上窥见窗外的星，如练的银河，"秋宵的女王"的织女，南王的热闹。啊，秋夜的盛妆！我忘记了我的头痛了。我脑中浮出朝华的诗句来："织女明星来枕上，了知身不在人间。"立刻似乎身轻如羽，翱翔于星座之间了。

丰子恺摄于一九二〇年

我俯视银河之波澜，访问织女的孤居，抚慰卡丽斯德神女化身的大熊……"地球，再会！"我今晚要徜徉于银河之滨，牛女北斗之间了。

第二天早晨起来，我脑中历历地残留着昨夜的星界漫游的记忆；可是昨夜的头痛，也还保留着一些余味。

我想：几万万里，几千万年，算它做什么？天文本来是"天的文学"，谁教你们算的？

1927年

原载1927年7月10日《小说月报》第18卷第7号

午夜高楼

近因某种机缘，到一偏僻的小乡镇中的一个古风的高楼中宿了一夜。"金陵津渡小山楼，一宿行人自可愁。"灯昏人静而眠不得的时候，我便想起这两句。其实我并没有愁，读到"自可愁"三字，似觉自己着实有些愁了。此愁之来，我认为是诗句的音调所带给的。"一宿行人自可愁"，这七个字的音调，仿佛短音阶的乐句，自能使人生起一种忧郁的情绪。

这高楼位于镇的市梢。因为很高，能听见市镇中各处的声音。黄昏之初，但闻一片模糊的人声，知道是天气还热，路上有人乘凉。他们的闲话声并成了这一片模糊的声音而传送到我这高楼中。黄昏一深，这小市镇里的人都睡静了。我躺在高楼中的凉床上所能听到的只有两种声音，一种是"柝、柝、柝"，一种是"的、的、的"。我知道前者是馄饨担、后者是圆子担的号音。

于是我想：不必说诗的音调可以感人，就是馄饨担和圆子担的声音，也都具有音调的暗示，能使人闻音而感知其内容。馄饨担用"柝、柝、柝"为号，圆子担用"的、的、的"为号。此法由来已久，且各地大致相同。但我想最初发起用这种声音为号的人，大约经过一番考虑，含有一种用意。不然，一定是为了这两种声音与这两种食物性状自然相合。在卖者默认这种声音宜为其商品做广告，在闻者也默认这种声音宜为这种食物的暗号，于是通行于各地，沿用至今，被视为一种定规。

试吟味之：这两种声音，在高低、大小、缓急及音色上，都与这两种食物的性状相暗合。馄饨担上所敲的是一个大毛竹管，其声低，而大，而缓；其音色混浊、肥厚、沉重，而模糊。处处与馄饨的性状相似。午夜高楼，灯昏人静，饥肠辘辘转响的时候，听到这悠长的"柝——柝——柝——"自远而近，即使我是不吃肉的人，心目中也会浮出同那声音一样混浊、肥厚、沉重而模糊的一碗馄饨来。在从来没有见闻过馄饨担的人，当然不会起这感想，我原是为了预先知道而能作如是想的。然而岂是穿凿附会而作此说？不信，请把圆子担的"的、的、的"给他敲了，试想效果如何？我看这种声音完全不能使人联想起馄饨呢！

圆子担上所敲的是两根竹片，其声高，而小，而急；其音色纯粹、清楚、圆滑，而细致。处处与小圆子的性状相似。吾乡称这种圆子为"救命圆子"，言其细小不能吃饱，仅足以救命而已。试想象一碗纯白、浑圆、细小而甘美的救命圆子，然后再听那清脆、繁急、聒耳的"的、的、的"之声，可见二者何等融洽。那救命圆子仿佛是具体化的"的、的、的"。那"的、的、的"不啻为音乐化的救命圆子。卖扁豆粥的敲的也是"的、的、的"。但有时稍缓。又显见这两种食物的性状是大同小异的。

西洋曾有一班人耽好感觉的游戏。或作莫名其妙的画，称之为"色彩的音乐"；或设种种的酒，代表音阶上各音，饮时自以为听乐，称之为"味觉的音乐"。我这晚躺在这午夜高楼的凉床上，细味馄饨担与圆子担的声音，颇近于那班人的行径，自己觉得好笑。两副担子从巷的两头相向而来，在我的高楼之下交手而过。"析、析、析"和"的、的、的"同时齐奏，音调异样地混杂，正仿佛尝了馄饨与圆子混合的椒盐味。最后我回想到儿时所亲近的糖担。我们称之为"吹大糖"担。挑担的大都是青田人，姓刘。据父老们说，他们都是刘基的后裔。刘伯温能知未来，曾遗嘱其子孙挑吹大糖担，谓必有发达之一日。因此其子孙世守勿懈。又闻吾乡有刘伯温所埋藏宝物多处，至今未被发掘，大约是要留给挑吹大糖担者发掘的。我家邻近一带门口，据说旧有一个石槛，也是刘伯温设置的，谓此一带永无火灾。我幼时对于这种话很感兴味，因此对于挑吹大糖担者更觉可亲。我家邻近一带，我生以来的确没有遭过火灾；我生以前，听大人说也没有遭过火灾。但我看见挑吹大糖担的人，大都衣衫褴褛，面有菜色，似乎都靠着祖先的遗言在那里吃苦。而且我问他们，有几个并不姓刘，也不是青田人而是江北人。

兴味为之大减。以问父老，父老说，他们恐怕我们怪他们来发掘宝物，故意隐瞒的。我的兴味又浓起来。每闻"铛、铛、铛"之声，就向母亲讨了铜板，出去应酬他，或者追随他，盘问他，看他吹糖。他们的手指技法很熟，羊卵脬，葫芦，老鼠偷油，水烟筒，宝塔，都能当众敏捷地吹成，卖给我们玩，玩腻了还好吃。他们对我，精神上、物质上都有恩惠。"铛、铛、铛"这声音，现在我听了还觉得可亲呢。因为锣声暗示力比前两者尤为丰富。其音乐华丽、热闹、兴奋而堂皇。

所以我幼时一听到"铛、铛、铛"之声，便可联想那担上的红红绿绿的各种花样的糖，围绕那担子的一群孩子的欢笑，以及糖的甜味。我想象那锣仿佛是一个慈祥、欢喜、和平、博爱的天使，两手擎着许多华丽的糖在路上走，口中高叫："糖！糖！糖！"把糖分赠给大群的孩子。我正是这群孩子中之一人。但这已是三十年的旧心情了。现在所谓可亲的，也只是一种虚空的回忆而已。朦胧中我又想起了"一宿行人自可愁"之句，黯然地入了睡乡。

廿四年残暑作，曾载《宇宙风》。

载1935年10月1日《宇宙风》第1卷第2期，署名子恺。又

载1936年10月10日《好文章》创刊号

云　霓

中元

我小时光，每逢中元节，即阴历七月十五之夜，地方上集资举办佛事，以超度亡魂，名曰放焰口。河岸上凉棚底下搭一个台，台上接连两张方桌，桌上供着香花灯烛，旁设椅子，是僧众的座位。

放焰口

　　我小时光，每逢中元节，即阴历七月十五之夜，地方上集资举办佛事，以超度亡魂，名曰放焰口。河岸上凉棚底下搭一个台，台上接连两张方桌，桌上供着香花灯烛，旁设椅子，是僧众的座位。每家用五彩纸张剪成衣衫鞋帽之形，用绳子穿好了挂在沿河的柱子上，准备佛事结束时焚化给鬼魂。河岸两旁，挂着无数灯笼，上写"普济孤魂"四字。琳琅满目，煞是好看！台前挂着一副对联，是我父亲撰的：

古曾为吴越战场迄今蔓草荒烟半是英雄埋骨地
近复遭咸同发逆记否昔年此日正当兵火破家时

　　春秋时代，我们那地方有一石门，是越防吴的，所以这地方叫作石门湾。又，这是光绪末年的事，所以称洪秀全为发逆。那时石门湾全市烧光，同抗日战争时差不多。

黄昏时分，法事开始了。老和尚戴着地藏王帽子，披着袈裟，坐在正中；两旁六个和尚各持法器。起初是鸣钟击鼓，念佛唪经。到了深夜，流星隐现，有如鬼火明灭；阴风飘忽，仿佛魂兮归来，就开始召请孤魂了。老和尚以悲紧之音，高声诵念，众僧属而和之。每念完一段，撒一把米，向孤魂施食。那些米落入暗处，仿佛有无数鬼魂争先抢夺，教人毛发悚然。所召请的孤魂，非常全面，自帝王将相以至囚徒乞丐，都得"来受甘露味"。那文辞骈四俪六，优美动人，不知是谁作的。有人说是苏东坡所作，未可必也。我因爱此文辞，当年曾在杭州玛瑙经房"请"得一册《瑜伽焰口施食》。抗日战争时我仓皇出奔，一册书也不曾带走。缘缘堂被焚前几天，有一乡亲代我抢出一网篮书，这册《瑜伽焰口施食》即在其内，因得不焚。往年有人闯入我家，抢走了许多古典文学书籍，却不拿这册书，大概他们不懂，所以不拿。此书因得保存至今，已是两次虎口余生了。现在我选几段抄录在下面：

　　▲一心召请，金乌似箭，玉兔如梭。想骨肉以分离，睹音容而何在。初爇名香，初伸召请。

　　▲一心召请，远观山有色，近听水无声。春去花还在，人来鸟不惊。二爇名香，二伸召请。

▲一心召请，浮生如梦，幻质匪坚。不凭我佛之慈，曷遂超升之路。三爇名香，三伸召请。

▲一心召请，累朝帝主，历代侯王。九重殿阙高居，万里山河独据。白：西来战舰，千年王气俄收。北去銮舆，五国冤声未断。呜呼！杜鹃叫落桃花月，血染枝头恨正长。如是前王后伯之流，一类孤魂等众。惟愿承三宝力，仗秘密言，此夜今时，来临法会。

▲一心召请，筑坛拜将，建节封侯。力移金鼎千钧，身作长城万里。白：霜寒豹帐，徒勤汗马之劳。风息狼烟，空负攀龙之望。呜呼！将军战马今何在，野草闲花满地愁。如是英雄将帅之流，一类孤魂等众。

▲一心召请，五陵才俊，百郡贤良。三年清节为官，一片丹心报主。白：南州北县，久离桑梓之乡。海角天涯，远丧蓬莱之岛。呜呼！官贶萧萧随逝水，离魂杳杳隔阳关。如是文臣宰辅之流，一类孤魂等众。

▲一心召请，黉门才子，白屋书生。探花足步文林，射策身游棘院。白：萤灯飞散，三年徒用工夫。铁砚磨穿，十载漫施辛苦。呜呼！七尺红罗书姓氏，一抔黄土盖文章。如是文人举子之流，一类孤魂等众。

▲一心召请，出尘上士，飞锡高僧。精修五戒净人，梵行比丘尼众。白：黄花翠竹，空谈秘密真诠。白牯牸奴，徒演苦空妙偈。呜呼！经窗冷浸三更月，禅室虚明半

夜灯。如是缁衣释子之流，一类觉灵等众。

▲一心召请，黄冠野客，羽服仙流。桃源洞里修真，阆苑洲前养性。白：三花九炼，天曹未许标名。四大无常，地府难容转限。呜呼！琳观霜寒丹灶冷，醮坛风惨杏花稀。如是玄门道士之流，一类遐灵等众。

▲一心召请，江湖羁旅，南北经商。图财万里游行，积货千金贸易。白：风波不测，身膏鱼腹之中。路途难防，命丧羊肠之险。呜呼！滞魄北随云黯黯，客魂东逐水悠悠。如是他乡客旅之流，一类孤魂等众。

▲一心召请，戎衣战士，临阵健儿。红旗影里争雄，白刃丛中敌命。白：鼓金初振，霎时腹破肠穿。胜败才分，遍地肢伤首碎。呜呼！漠漠黄沙闻鬼哭，茫茫白骨少人收。如是阵亡兵卒之流，一类孤魂等众。

▲一心召请，怀胎十月，坐草三朝。初欣鸾凤和鸣，次望熊罴叶梦。白：奉恭欲唱，吉凶只在片时。璋瓦未分，母子皆归长夜。呜呼！花正开时遭急雨，月当明处覆乌云。如是血湖产难之流，一类孤魂等众。

▲一心召请，戎夷蛮狄，喑哑盲聋。勤劳失命佣奴，妒忌伤身婢妾。白：轻欺三宝，罪倦积若河沙；忤逆双亲，凶恶浮于宇宙。呜呼！长夜漫漫何日晓，幽关隐隐不知春。如是冥顽悖逆之流，一类孤魂等众。

▲一心召请，宫帏美女，闺阁佳人。胭脂画面争妍，

龙麝薰衣竞俏。白：云收雨歇，魂消金谷之园。月缺花残，肠断马嵬之驿。呜呼！昔日风流都不见，绿杨芳草髑髅寒。如是裙钗妇女之流，一类孤魂等众。

▲一心召请，饥寒丐者，刑戮囚人。遇水火以伤身，逢虎狼而失命。白：悬梁服毒，千年怨气沉沉。冒击崖崩，一点惊魂漾漾。呜呼！暮雨青烟寒鹊噪，秋风黄叶乱鸦飞。如是伤亡横死之流，一类孤魂等众。

读了这些文辞，慨叹人生不论贵贱贫富、善恶贤愚，都免不了无常之怵。然亦不须忧怵。曹子建说得好："惊风飘白日，光景逝西流。盛时不可再，百年忽我道。生存华屋处，零落归山丘。先民谁不死，知命复何忧。"

折得荷花浑忘却　空将荷叶盖头归

谈鬼

我平生所看见过的鬼（当然是在想象世界中看见的），回想起来可分两类，第一类是凶鬼，第二类是笑鬼。现在还在我脑中留着两种清楚的印象：

小时候一个更深夜静的夏天的晚上，母亲赤了膊坐在床前的桌子旁填鞋子底，我戴个红肚兜躺在床里的篾席上。母亲把她小时所见的"鬼压人"的故事讲给我听：据说那时我们地方上来了一群鬼，到了晚上，鬼就到人家的屋里来压睡着的人。每户人家的人，不敢同时睡觉，必须留一半人守夜。守夜的人一听见床里"咕噜咕噜"地响起来，就知道鬼在压这床里的人了，连忙去救。但见那人满脸通红，两眼突出，口中泛着唾沫。胸部一起一落，呼吸困急。两手紧捏拳头，或者紧抓大腿。好像身上压着一对无形的青石板的模样。救法是敲锣。锣一敲，邻近人家的守夜者就响应，全闹起锣来。于是床里人渐渐苏醒，连忙拉他起来，到别处去躲避。他的指爪深深地嵌入手掌中或大腿中，拔出后血流满地。据被鬼压过的人说，一个青面獠牙的鬼坐在他的胸上，用一手卡住他的头颈，用另一手按他的颊，所以如此苦闷。我听到这里，立刻从床里逃出，躲入母亲怀里，从她的肩际望到房间的暗角里、床底下，或者桌子底下，似乎看见一个青面獠牙的鬼，隐现无定。身体青得厉害，发与口红得厉害，牙与眼白得更厉害。最可怕的就是这些白。这印象最初从何而来？我想大约是祖母丧事时我从经忏堂中的十殿阎王的画轴中得到的。从此以后听到人说凶鬼，我就在想象中看见这般模样。屡次想画一个出来，往往画得不满意。不满意处在于不很凶。无论如何总不及闭目回想时所见的来得更凶。

学童时代，到乡村的亲戚家做客，那家的老太太（我叫三娘娘的），晚上叫出她的儿子（我叫蒋五伯的）送我回家，必然点一股香给我拿着。我问"为什么要拿香"，他们都不肯说。后来三娘娘到我家做长客，有一天晚上，她说明叫我拿香的原因，为的是她家附近有笑鬼。夏夜，三娘娘独坐在门外的摇纱椅子里，一只手里拿着佛柴（麦秆儿扎成的，取其色如金条），口里念着"南无阿弥陀佛"，每天都要念到深夜才去睡觉。有一晚，她忽闻耳边有吃吃的笑声，回头一看，不见一人，笑声也没有了。她继续念佛，一会儿笑声又来。这位老太太是不怕鬼的，并不惊逃。那鬼就同她亲善起来：起初给她捶腰，后来给她搔背；她索性把眼睛闭了，那鬼就走到前面来给她敲腿，又给她在项颈里提痧。夜夜如此，习以为常。据三娘娘说，它们讨好她，为的是要钱。她的那把佛柴念了一夏天，全不发金，反而越念越发白。足证她所念出来的佛，都被它们当作捶背搔痒的工资得去，并不留在佛柴上了。初秋的有一晚，她恨那些笑鬼太要钱，有意点一支香，插在摇纱椅旁的泥地中。这晚果然没有笑声，也没鬼来讨好她了。但到了那支香点完了的时候，忽然有一种力，将她手中的佛柴夺去，同时一阵冷风带着一阵笑声，从她耳边飞过，向远处去了。她打个寒噤，连忙搬了摇纱椅子，逃进屋里去了。第二日，捉草①孩子在附近的坟地里拾得一把佛柴，看见上面束着红纸圈，知道是三娘娘的，拿回来送还她。以后她夜间不敢再在门外念佛，但是窗外仍是常有笑声。油盏火发暗了的时候，她常在天窗玻璃中看见一只白而大而平的笑脸，忽隐忽现。我听到这里毛骨悚然，立刻钻到人丛中去。偶然望望黑暗的角落里，但见一只白而大而平的笑脸，在那里慢慢地移动。其白发青，其大发浮，其平如板，其笑如哭。这印象，最初大概是从尸床上的死人得来的。以后听见人说善鬼，我就在想象中看见这般模样。也曾屡次想画一个出来，也往往画得不满意。不满意于不阴险。无论如何总不及闭目回想时所见的来得更阴险。

二十五年（1936）暮春作，曾载《论语》

---

① 注：家乡话，割草的意思。

158

中秋

这原是为了父亲嗜蟹，以吃蟹为中心而举行的。故这种夜宴，不仅限于中秋，有蟹的节季里的月夜，无端也要举行数次。不过不是良辰佳节，我们少吃一点，有时两人分吃一只。

中秋赏月

第二件不能忘却的事，是父亲的中秋赏月，而赏月之乐的中心，在于吃蟹。

我的父亲中了举人之后，科举就废，他无事在家，每天吃酒，看书。他不要吃羊、牛、猪肉，而喜欢吃鱼、虾之类。而对于蟹，尤其喜欢。自七八月起直到冬天，父亲平日的晚酌规定吃一只蟹，一碗隔壁豆腐店里买来的开锅热豆腐干。他的晚酌，时间总在黄昏。八仙桌上一盏洋油灯，一把紫砂酒壶，一只盛热豆腐干的碎瓷盖碗，一把水烟筒，一本书，桌子角上一只端坐的老猫，我脑中这印象非常深刻，到现在还可以清楚地浮现出来。我在旁边看，有时他给我一只蟹脚或半块豆腐干。然我喜欢蟹脚。蟹的味道真好，我们五个姊妹兄弟，都喜欢吃，也是为了父亲喜欢吃的缘故。只有母亲与我们相反，喜欢吃肉，而不喜欢又不会吃蟹，吃的时候常常被蟹螯上的刺刺开手指，出血；而且抉剔得很不干净，父亲常常说她是外行。父亲说：吃蟹是风雅的事，吃法也要内行才懂得。先折蟹脚，后开蟹斗……脚上的拳头（即关节）里的肉怎样可以吃干净，脐里的肉怎样可以剔出……脚爪可以当作剔肉的针……蟹螯上的骨头可以拼成一只很好看的蝴蝶……父亲吃蟹真是内行，吃得非常干净。所以陈妈妈说："老爷吃下来的蟹壳，真是蟹壳。"

蟹的储藏所，就在天井角落里的缸里，经常总养着十来只。到了七夕、七月半、中秋、重阳等节候上，缸里的蟹就满了，那时我们都有的吃，而且每人得吃一大只，或一只半。尤其是中秋一天，兴致更浓。在深黄昏，移桌子到隔壁的白场①上的月光下面去吃。更深人静，明月底下只有我们一家的人，恰好围成一桌，此外只有一个供差使的红英坐在旁边。大家谈笑，看月亮，他们——父亲和诸姐——直到月落时光，我则半途睡去，与父亲和诸姐不分而散。

这原是为了父亲嗜蟹，以吃蟹为中心而举行的。故这种夜宴，不仅限于中秋，有蟹的节季里的月夜，无端也要举行数次。不过不是良辰佳节，我们少吃一点，有时两人分吃一只。我们都学父亲，剥得很精细，剥出来的肉不是立刻吃的，都积受在蟹斗里，剥完之后，放一点姜醋，拌一拌，就作为下饭的菜，此外没

①　注：作者家乡话，场地的意思。

有别的菜了。因为父亲吃菜是很省的，而且他说蟹是至味，吃蟹时混吃别的菜肴，是乏味的。我们也学他，半蟹斗的蟹肉，过两碗饭还有余，就可得父亲的称赞，又可以白口吃下余多的蟹肉，所以大家都勉力节省。现在回想那时候，半条蟹腿肉要过两大口饭，这滋味真好！自父亲死了以后，我不曾再尝这种好滋味。现在，我已经自己做父亲，况且已经茹素，当然永远不会再尝这滋味了。唉！儿时欢乐，何等使我神往！

然而这一剧的题材，仍是生灵的杀虐！因此这回忆一面使我永远神往，一面又使我永远忏悔。

一九二七年梅雨时节

（原载1927年6月10日《小说月报》第18卷第6号）

明月幾時有
把酒問青天
子愷畫

明月儿时有

上海中秋之夜

　　记得有一年，我在上海过中秋。晚饭后，皓月当空。我同几个朋友到马路上去散步，看见了上海中秋之夜的形形色色，然后回家。我将就睡的时候，忽然有一个人推门进来。他送我一副眼镜，就出去了。我戴上这副眼镜，一看，就像照着一种X光，眼前一切窗门板壁，都变成透明，同玻璃一样，邻家的人的情状我都看见了。我高兴得很，就戴了这副眼镜，再到马路上去跑。这回所见，与前大异：一切墙壁、地板，都没有了；但见各种各样的人各自过着各种各样的生活。可惊，可叹，可怜，可恨，可耻，可鄙……也有可歌，可羡，可敬的。我跑遍了上海的马路，所见太多，兴奋之极，倒在马路旁边睡着了。醒来的时候，却是身在床中。原来是做一个梦。

　　　　　　　　　　　　三十六年八月二十五日作

吃西瓜

回想过去四个月的悠闲宁静的独居生活，在我也颇觉得可恋，又可感谢。然而一旦回到故乡的平屋里，被围在一群儿女的中间的时候，我又不禁自伤了。因为我那种生活，或枯坐、默想，或钻研、搜求，或敷衍、应酬，比较起他们的天真、健全、活跃的生活来，明明是变态的，病的，残废的。有一个炎夏的下午，我回到家中了。第二天的傍晚，我领了四个孩子——九岁的阿宝，七岁的软软，五岁的瞻瞻，三岁的阿韦——到小院中的槐荫下，坐在地上吃西瓜。夕暮的紫色中，炎阳的红味渐渐消减，凉夜的青味渐渐加浓起来。微风吹动孩子们的细丝一般的头发，身体上汗气已经全消，百感畅快的时候，孩子们似乎已经充溢着生的欢喜，非发泄不可了。最初是三岁的孩子的音乐的表现，他满足之余，笑嘻嘻摇摆着身子，口中一面嚼西瓜，一面发出一种像花猫偷食时候的"ngam ngam"的声音来。这音乐的表现立刻唤起了五岁的瞻瞻的共鸣，他接着发表他的诗："瞻瞻吃西瓜，宝姊姊吃西瓜，软软吃西瓜，阿韦吃西瓜。"这诗的表现又立刻引起了七岁与九岁的孩子的散文的、数学的兴味：他们立刻把瞻瞻的诗句的意义归纳起来，报告其结果："四个人吃四块西瓜。"

于是我就做了评判者，在自己心中批判他们的作品。我觉得三岁的阿韦的音乐的表现最为深刻而完全，最能全般表出他的欢喜的感情。五岁的瞻瞻把这欢喜的感情翻译为（他的）诗，已打了一个折扣；然尚带着节奏与旋律的分子，犹有活跃的生命流露着。至于软软与阿宝的散文的、数学的、概念的表现，比较起来更肤浅一层。然而看他们的态度，全部精神没入在吃西瓜一事中，其明慧的心眼，比大人们所见的完全得多。天地间最健全的心眼，只是孩子们的所有物，世间事物的真相，只有孩子们能最明确，最完全地见到。我比起他们来，真的心眼已经因了世智尘劳而蒙蔽，斫丧，是一个可怜的残废者了。我实在不敢受他们"父亲"的称呼，倘然"父亲"是尊崇的。

载1928年10月10日《小说月报》第19卷第10号

重阳

重阳将跟了废历而被废除了。登高将成为历史风俗中的事了。唐代的战场到现代早已沧海桑田了。但唐代人的这首《九日》诗，还能给现代人以强烈的感动。

九日

　　唐人岑参诗云："强欲登高去，无人送酒来。遥怜故园菊，应傍战场开。"这是"九日思长安故园"的诗。我学生时代在《唐人万首绝句选》中读到这首诗，便很欢喜它，一直记忆着。这回旅途中到一处地方的小客栈里去投宿，抬头望见柜内老板娘的头顶的壁上挂着一个阴阳历对照的日历，其下面写着"九月初九"，便又忆起了这首《九日》诗。

　　从前的欢喜它，现在想起了可笑；我小时候欢喜喝酒，而学生时代不得公开地喝。到了秋深蟹正肥的时候，想起了故乡南湖大蟹正上市，菊花盛开，为之神往；但身为制服所羁绊，不得还乡去享受。酒欲不满足，便不惜把故乡比作战场，而无病呻吟地寄同情于岑参这首诗。这与大欲不满足的人嗟叹"世间何等荒凉！我的心何等寂寞！"同一心理。无病呻吟常可为满足欲望之物的代用品。

　　现在重忆这首诗，仍觉得可爱。但滋味与前不同。现在我不喝酒了，即使要登高去，也无须叫人送酒来，上面两句与我无关。但读到下面两句，似觉有强烈的感动，因而想起了最近的过去经历：前年①暮春，我搭了赴战地摄影的新闻记者汽车到江湾时，曾经看见坍圮了的旧寓中的小棕榈树，还青青地活着。虽然我在沪战前早已离去江湾，但这棕榈是我所手植的，这时候正傍着战场而欣欣向荣着。使我对那首诗强烈地感动的，便是这一点实地经历。

重阳将跟了废历而被废除了。登高将成为历史风俗中的事了。唐代的战场到现代早已沧海桑田了。但唐代人的这首《九日》诗，还能给现代人以强烈的感动。当此菊花盛开的时候，对于无数的战地丧家者，当更给以切身的感动呢。

二十二年十月

载1934年1月1日《长城》第1卷第1期

---

① "前年"，据立达学园校史，应为"去年"，即1932年

劝君更尽一杯酒

黄山印象

看山，普通总是仰起头来看的。然而黄山不同，常常要低下头去看。因为黄山是群山，登上一个高峰，就可俯瞰群山。这教人想起杜甫的诗句"会当凌绝顶，一览众山小"而精神为之兴奋，胸襟为之开朗。我在黄山盘桓了十多天，登过紫云峰、立马峰、天都峰、玉屏峰、光明顶、狮子林、眉毛峰等山，常常爬到绝顶，有如苏东坡游赤壁的"履巉岩，披蒙茸，踞虎豹，登虬龙，攀栖鹘之危巢，俯冯夷之幽宫"。

在黄山中，不但要低头看山，还要面面看山。因为方向一改变，山的样子就不同，有时竟完全两样。例如从玉屏峰望天都峰，看见旁边一个峰顶上有一块石头很像一只松鼠，正在向天都峰跳过去的样子。这景致就叫"松鼠跳天都"。然而爬到天都峰上望去，这松鼠却变成了一双鞋子。又如手掌峰，从某角度望去竟像一个手掌，五根手指很分明。然而峰回路转，这手掌就变成了一个拳头。它如"罗汉拜观音""仙人下棋""喜鹊登梅""梦笔生花""鳌鱼驮金龟"等景致，也都随时改样，变幻无定。如果我是个好事者，不难替这些石山新造出几十个名目来，让导游人增加些讲解资料。然而我没有这种雅兴，却听到别人新起了两个很好的名目：有一次我们从西海门凭栏俯瞰，但见无数石山拔地而起，真像万笏朝天；其中有一个石山由许多方形石块堆积起来，竟同玩具中的积木一样，使人不相信是天生的，而疑心是人工的。导游人告诉我：有一个上海来的游客，替这石山起个名目，叫作"国际饭店"。我一看，果然很像上海南京路上的国际饭店。有人说这名目太俗气，欠古雅。我却觉得有一种现实的美感，比古雅更美。又有一次，我们登光明顶，望见东海（这海是指云海）上有一个高峰，腰间有一个缺口，缺口里有一块石头，很像一只蹲着的青蛙。气象台里有一个青年工作人员告诉我：他们自己替这景致起一个名目，叫作"青蛙跳东海"。我一看，果然很像一只青蛙将要跳到东海里去的样子。这名目起得很适当。

翻山过岭了好几天，最后逶迤下山，到云谷寺投宿。这云谷寺位于群山之间的一个谷中。由此再爬过一个眉毛峰，就可以回到黄山宾馆而结束游程了。我这天傍晚到达了云谷寺，发生了一种特殊的感觉，觉得心情和过去几天完全不同。起初想不出其所以然，后来仔细探索，方才明白原因：原来云谷寺位于较低的山谷中，开门见山，而这山高得很，用"万丈""插云"等语来形容似乎还显不够，简直可用"凌霄""逼天"等字眼。因此我看山必须仰起头来。古语云"高山仰止"，可见仰起头来看山是正常的，而低下头去看山是异常的。我一到云谷寺就发生一种特殊的感觉，便是因为在好几天异常之后突然恢复正常的缘故。这时候我觉得异常固然可喜，但是正常更为可爱。我躺在云谷寺宿舍门前的藤椅里，卧看山景，但见一向异常地躺在我脚下的白云，现在正常地浮在我头上了，觉得很自然。它们无心出岫，随意来往；有时冉冉而降，似乎要闯进寺里来访问我的样子。我便想起某古人的诗句："白云无事常来往，莫怪山僧不送迎。"好诗句啊！然而叫我做这山僧，一定闭门不纳，因为白云这东西是很潮湿的。

此外也许还有一个原因：云谷寺是旧式房子，三开间的楼屋。我们住在楼下左右两间里，中央一间作为客堂；廊下很宽，布设桌椅，可以随意起卧，品茗谈话，饮酒看山，比过去所住的文殊院、北海宾馆、黄山宾馆趣味好得多。文殊院是石造二层楼屋，房间像轮船里的房舱或火车里的卧车：约一方丈大小的房间，中央开门，左右两床相对，中间靠窗设一小桌，每间都是如此。北海宾馆建筑宏壮，房间较大，但也是集体宿舍式的：中央一条走廊，两旁两排房间，间间相似。黄山宾馆建筑尤为富丽

173

堂皇，同上海的国际饭店、锦江饭店等差不多。两宾馆都有同上海一样的卫生设备。这些房屋居住固然舒服，然而太刻板，太洋化；住得长久了，觉得仿佛关在笼子里。云谷寺就没有这种感觉，不像旅馆，却像人家家里，有亲切温暖之感和自然之趣。因此我一到云谷寺就发生一种特殊的感觉。云谷寺倘能添置卫生设备，采用些西式建筑的优点；两宾馆的建筑倘能采用中国方式，而加西洋设备，使外为中用，那才是我所理想的旅舍了。

这又使我回想起杭州的一家西菜馆的事，附说在此：此次我游黄山，道经杭州，曾经到一个西菜馆里去吃一餐午饭。这菜馆采用西式的分食办法，但不用刀叉而用中国的筷子。这办法好极。原来中国的合食是不好的办法，各人的唾液都可能由筷子带进菜碗里，拌匀了请大家吃。西洋的分食办法就没有这弊端，很应该采用。然而西洋的刀叉，中国人实在用不惯，我们还是用筷子便当。这西菜馆能采取中西之长，创造新办法，非常合理，很可赞佩。当时我看见座上多半是农民，就恍然大悟：农民最不惯用刀叉，这合理的新办法显然是农民教他们创造的。

一九六一年五月二十日于上海记

上天都

　　从黄山宾馆到文殊院的途中，有一块独一无二的小平地，约有二三十步见方。据说不久这里要造一个亭子，供游人息足，现在已有许多石条乱放着了。我爬到了这块平地上，如获至宝，立刻在石条上坐下，觉得比坐沙发椅子更舒服。因为我已经翻了两个山峰——紫云峰和立马峰，尽是陡坡石级、羊肠坂道，两腿已经不胜酸软了。

　　坐在石条上点着一根纸烟，向四周望望，看见一面有一个高峰，它的峭壁上有一条纹路，远望好像一条虚线。仔细辨认，才知道是很长的一排石级，由此可以登峰。我不觉惊讶地叫出："这个峰也爬得上的？"陪我上山的向导说："这个叫作天都峰，是黄山中最陡的一个峰，轿子不能上去，只有步行才爬得上。老人家不能上去。"

　　昨夜在黄山宾馆时，交际科的郝同志劝我雇一乘轿子上山。她说虽然这几天服务队里的人都忙着采茶，但也可以抽调出四个人来抬你上山。这些山路，老年人步行是吃不消的。我考虑了一下，决定谢绝坐轿。一则不好意思妨碍他们的采茶工作，二则设想四个人抬我一个人上山，我心情的不安一定比步行的疲劳苦痛得多。因此毅然地谢绝了，决定只请一个向导老宋和一个服务员小程陪伴上山。

今天一路上来，老宋指示我好几个险峻的地方，都是不能坐轿，必须步行的。此时我觉得：昨夜的谢绝坐轿是得策的。我从过去的经验中发现一个真理：爬山的唯一的好办法，是像龟兔赛跑里的乌龟一样，不断地、慢慢地走。现在向导说"老人家不能上去"，我漫应了一声，但是心中怀疑。我想：慢慢地走，老人家或许也能上去。然而天色已经向晚，我们须得爬上这天都峰对面的玉屏峰，到文殊院投宿。现在谈不到上天都了。

在文殊院三天阻雨，却得到了两个喜讯：第26届世界乒乓球锦标赛，男女单打，中国都获得了冠军；苏联的加加林乘飞船绕地球一匝，安然回到本国。我觉得脸上光彩，心中高兴，两腿的酸软忽然消失了。第四天放晴，女儿一吟发兴上天都，我决定同去。她说："爸爸和妈妈在这里休息吧，怕吃不消呢。"我说："妈妈是放大脚①，固然吃不消；我又不是放大脚，慢慢

---

① "放大脚"，又称解放脚，指妇女缠足之后又放开的半大不小的脚。

地走！"老宋笑着说："也好，反正走不动可以在半路上坐等的。"接着又说，"去年你们画院里的画师来游玩，两位老先生都没有上天都。你老人家兴致真好！"大概他预料我走不到顶的。

从文殊院走下五六百个石级，到了前几天坐在石条上休息的那块小平地上，望望天都峰那条虚线似的石级，不免有些心慌。然而我有一个法宝，就是不断地、慢慢地走。这法宝可以克服一切困难。我坐在平地的石条上慢慢地抽了两根纸烟，精神又振作了，就开始上天都。

这石级的斜度，据导游书上说，是六十度至八十度。事实证明这数字没有夸张。全靠石级的一旁立着石柱，石柱上装着铁链，扶着铁链才敢爬上去。我规定一个制度：每跨上十步，站立一下。后来加以调整：每跨上五步，站立一下。后来第三次调整：每跨上五步，站立一下；再跨上五步，在石级上坐一下。有的地方铁链断了，或者铁链距离太远，或者斜度达到八十度，那时我就"四条腿"走路。这样地爬了大约一千级，才爬到了一个勉强可称平地的地方。我以为到顶了，岂知山上复有山，而且路头比过去的石级更曲折，更险峻。有几个地方，须得小程在前面拉，老宋在后面推，我的身子才飞腾上去。

老宋说："过了鲫鱼背，离开山顶不远了。"不久，眼前果然出现了一个巨大的"鲫鱼"。它的背脊约有十几丈长，却只有两三尺阔，两旁立着石柱，柱上装着铁链。我两手扶着铁链，眼睛看着前面，能够堂皇地跨步；但倘眼睛向下一望，两条腿就不期地发起抖来，畏缩不前了。因为望下去一片石壁，简直是"下临无地"。如果掉下去，一定粉身碎骨。走完了鲫鱼背，我连忙在一块石头上坐下，透一口大气。我抽着纸烟，想象当初工人们立石柱、装铁链时的光景，深切地感到劳动人民的伟大，惭愧我的卑怯：扶着现成的铁链还要两腿发抖！

再走几个险坡，便到达了天都峰的最高处。这里也有石柱和铁链，也是下临无地的。但我总算曾经沧海了，并不觉得顶上可怕，却对于鲫鱼背特别感兴趣。回去的时候，我站在鱼背顶点，叫一吟拍一张照。岂知这照片并无可观。因为一则拍照不能摄取全景，表不出高和险；二则拍照不能删除芜杂、强调要点，所以不能动人。在这点上绘画就可以逞强了：把不必要的琐屑删去，让主要的特点显出，甚至加以夸张或改造，表现出对象的神气，即所谓"传神写照"，只有绘画——尤其是中国画——最擅长。

上山吃力，下山危险——这是我登山的经验谈。下天都的时候，我全靠倒退，再加向导和服务员的帮助，才免除了危险。回到文殊院，看见扶梯害怕了。勉强上楼，倒在床里。两腿酸痛难当，然而回想滋味极佳。我想，我的法宝"像乌龟一样不断地、慢慢地走"，不但适用于老人登山，又可普遍地适用于老弱者的一切行为：凡事只要坚忍不懈地进行，即使慢些，也终于能获得成功。今天我的上天都已经获得成功了。欢欣之余，躺在床上吟成了一首小诗[1]：

结伴游黄山，良辰值暮春。

美景层层出，眼界日日新。

奇峰高万丈，飞瀑泻千寻。

云海脚下流，苍松石上生。

入山虽甚深，世事依然闻。

息足听广播，都城传好音。

国际乒乓赛，中国得冠军。

飞船绕地球，勇哉加加林！

客中逢双喜，游兴忽然增。

掀髯上天都，不让少年人。

一九六一年五月十一日于上海记

载1961年6月12日《人民文学》6月号，收入北京出版社

1962年9月初版《江山多娇》

---

[1]　此诗载1961年4月30日《解放日报》，题为《游黄山欣逢双喜》。

不肯去观音院

普陀山，是舟山群岛中的一个岛，岛上寺院甚多，自古以来是佛教圣地，香火不绝。浙江人有一句老话："行一善事，比南海普陀去烧香更好。"可知南海普陀去烧香是一大功德。因为古代没有汽船，只有帆船；而渡海到普陀岛，风浪甚大，旅途艰苦，所以功德很大。现在有了汽船，交通很方便了，但一般信佛的老太太依旧认为这是一大功德。

我赴宁波旅行写生，因见春光明媚，又觉身体健好，游兴浓厚，便不肯回上海，却转赴普陀去"借佛游春"了。我童年时到过普陀，屈指计算，已有五十年不曾重游了。事隔半个世纪，加之以新中国成立后普陀寺庙都修理得崭新，所以重游竟同初游一样，印象非常新鲜。

我从宁波乘船到定海，行程三小时；从定海坐汽车到沈家门，五十分钟；再从沈家门乘轮船到普陀，只费半小时。其时正值二月十九观世音菩萨生日，香客非常热闹，买香烛要排队，各寺院客房客满。但我不住寺院，住在定海专署所办的招待所中，倒很清静。

我游了四个主要的寺院：前寺、后寺、佛顶山、紫竹林。前寺是普陀的领导寺院，殿宇最为高大。后寺略小而设备庄严，千年以上的古木甚多。佛顶山有一千多石级，山顶常没在云雾中，登楼可以俯瞰普陀全岛，遥望东洋大海。紫竹林位于海边，屋宇较小，内供观音，住居者尽是尼僧；近旁有潮音洞，每逢潮涨，涛声异常洪亮。寺后有竹林，竹竿皆紫色。我曾折了一根细枝，藏在衣袋里，带回去做纪念品。这四个寺院都有悠久的历史，都有名贵的古物。我曾经参观两只极大的饭锅，每锅可容八九担米，可供千人吃饭，故名曰"千人锅"。我用手杖量量，其直径约有两手杖。我又参观了一只七千斤重的钟，其声洪大悠久，全山可以听见。

这四个主要寺院中，紫竹林相比最为低小；然而它的历史在全山最为悠久，是普陀最初的一个寺院。而且这开国元勋与日本人有关。有一个故事，是紫竹林的一个尼僧告诉我的，她还有一篇记载挂在客厅里呢。这故事是这样：

千余年前，后梁时代，即公历九百年左右，日本有一位高僧，名叫慧锷的，乘帆船来华，到五台山请得了一位观世音菩萨像，将其载回日本去供养。那帆船开到莲花洋地方，忽然开不动了。这慧锷法师就向观音菩萨祷告："菩萨如果不肯到日本去，随便菩萨要到哪里，我和尚就跟到哪里，终身供养。"祷告毕，帆船果然开动了。随风漂泊，一直来到了普陀岛的潮音洞旁边。慧锷法师便捧菩萨像登陆。此时普陀全无寺院，只有居民。有一个姓张的居民，知道日本僧人从五台山请观音来此，就捐献几间房屋，给他供养观音像。又替这房屋取个名字，叫作"不肯去观音院"。慧锷法师就在这不肯去观音院内终老。这不肯去观音院是普陀第一所寺院，是紫竹林的前身。紫竹林这名字是后来改的。有一个人为不肯去观音院题一首诗：

借问观世音，因何不肯去？
为渡大中华，有缘来此地。

如此看来，普陀这千余年来的佛教名胜之地，是由日本人创始的。可见中日两国人民自古就互相交往，具有密切的关系。我此次出游，在宁波天童寺想起了五百年前在此寺作画的雪舟，在普陀又听到了创造寺院的慧锷。一次旅行，遇到了两件与日本有关的事情，这也可证明中日两国人民关系之多了。不仅古代而已，现在也是如此。我经过定海，参观渔场时，听见渔民说起：近年来海面常有飓风暴发，将渔船吹到日本，日本的渔民就招待这些中国渔民，等到风息之后护送他们回到定海。有时日本的渔船也被飓风吹到中国来，中国的渔民也招待他们，护送他们回国。劳动人民本来是一家人。

不肯去观音院左旁，海边上有很长、很广、很平的沙滩。较小的一处叫作"百步沙"，较大的一处叫作"千步沙"。潮水不来时，我们就在沙上行走。脚踏到沙上，软绵绵的，比踏在芳草地上更加舒服。走了一阵，回头望望，看见自己的足迹连成一根长长的线，把平静如镜的沙面划破，似觉很可惜的。沙地上常有各种各样的贝壳，同游的人大家寻找拾集，我也拾了一个藏在衣袋里，带回去做纪念品。为了拾贝壳，把一片平沙踩得破破烂烂，很对它不起。然而第二天再来看看，依旧平净如镜，一点伤痕也没有了。我对这些沙滩颇感兴趣，不亚于四大寺院。[①]

一别名山五十春，重游佛顶喜新晴。
东风吹起千岩浪，好似长征奏凯声。

寺寺烧香拜跪勤，庄严宝岛气氤氲。
观音颔首弥陀笑，喜见群生乐太平。

[①] 此二诗分别题为《佛顶山》和《普陀》。

回到家里，摸摸衣袋，发现一个贝壳和一根紫竹，联想起了普陀的不肯去观音院，便写这篇随笔。

载1963年4月18日香港《新晚报》

一叶落知天下秋

冬至

所谓圆满，必定有种种的要素。例如梅花，仅乎五个圆圈，不能称为圆满。必有许多花，又有蕊，有枝，有干，或有盆。总之，不是单纯而是复杂的。

从梅花说到美

梅花开了！我们站在梅花前面，看到冰清玉洁的花朵的时候，心中感到一种异常的快适。这快适与收到附汇票的家信时或得到fullmark（满分）的分数时的快适，滋味不同；与听到下课铃时的快适，星期六晚上的快适，心情也全然各异。这是一种沉静、深刻而微妙的快适。言语不能说明，而对花的时候，个人会自然感到。这就叫作"美"。

美不能说明而只能感到。但我们在梅花前面实际地感到了这种沉静深刻而微妙的美，而不求推究和说明，总不甘心。美的本身的滋味虽然不能说出，但美的外部的情状，例如原因或条件等，总可推究而谈论一下，现在我看见了梅花而感到美，感到了美而想谈美了。

关于"美是什么"的问题，自古没有一定的学说。俄罗斯的文豪托尔斯泰曾在其《艺术论》中列述近代三四十位美学研究者的学说，而各人说法不同。要深究这个问题，当读美学的专书。现在我们只能将古来最著名的几家的学说，在这里约略谈论一下。

最初，希腊的哲学家苏格拉底这样说："美的东西，就是最适合于其用途及目的的东西。"他举房屋为实例，说最美丽的房屋，就是最合于用途、最适于住居的房屋。这的确是有理由的。房子的外观无论何等美丽，而内部不适于居人，绝不能说是美的建筑。不仅房屋为然，用具及衣服等亦是如此。花瓶的样子无论何等巧妙，倘内部不能盛水插花，下部不能稳坐桌子上，终不能说是美的工艺品。高跟皮鞋的曲线无论何等玲珑，倘穿了走路要跌跤，终不能说是美的装束。

"美就是适于用途与目的的。"苏格拉底这句话，在建筑及工艺上固然讲得通，但安到我们的梅花，就使人难解了。我们站在梅花前面，实际地感到梅花的美。但梅花有什么用途与目的呢？梅花是天教它开的，不是人所制造的，天生出它来，或许有用途与目的，但人们不能知道。人们只能站在它前面而感到它的美。风景也是如此：西湖的风景很美，但我们绝不会想起西湖的用途与目的。只有巨人可拿西湖来当镜子吧？

这样想来，苏格拉底的美学说是专指人造的实用物而说的。自然及艺术品的美，都不能用他的学说来说明。梅花与西湖都很美，而没有用途与目的；姜白石（姜夔）的《暗香》与《疏影》

为咏梅的有名的词，但词有什么用途与目的？苏格拉底的话，很有缺陷呢！

苏格拉底的弟子柏拉图，也是思想很好的美学者。他想补足先生的缺陷，说"美是给我们快感的"。这话的确不错，我们站在梅花前面，看到梅花的名画，读到《暗香》《疏影》，的确发生一种快感，在开篇处我早已说过了。

然而仔细一想，这话也未必尽然，有快感的东西不一定是美的。例如夏天吃冰淇淋，冬天捧热水袋，都有快感。然而吃冰淇淋与捧热水袋不能说是美的。肴馔入口时很有快感，然厨司不能说是美术家。罗马的享乐主义者中，原有重视肴馔的人，说肴馔是比绘画、音乐更美的艺术。但这是我们所不能首肯的话，或罗马的亡国奴的话。照柏拉图的话做去，我们将与罗马的亡国奴一样了。柏拉图自己蔑视肴馔，这样说来，绘画、音乐、雕刻等一切诉于感觉的美术，均不足取了（因为柏拉图是一个轻视肉体而贵重灵魂的哲学家，肴馔是养肉体的，所以被蔑视）。故柏拉图的学说，仍不免有很大的缺陷。

于是柏拉图的弟子亚理斯多德[①]，再来修补先生的学说的缺陷。但他对于美没有议论，只有对于艺术的学说。他说"艺术贵

----

① 亚里士多德（Aristotle，前384—前322）。

乎逼真"。这也的确是卓见。诸位上图画课时，不是尽力在要求画得像吗？小孩子看见梅花，画五个圈，我们看见了都赞道："画得很好。"因为很像梅花，所以很好，照亚理斯多德的话说来，艺术贵乎自然的模仿，凡肖似实物的都是美的。这叫作"自然模仿说"，在古来的艺术论中很有势力，到今日还不失为艺术论的中心。

然而仔细一想，这一说也不是健全的。倘艺术贵乎自然模仿，凡肖似实物的都是美的，那么，照相是最高的艺术，照相师是最伟大的美术家了。用照相机照出来的景物，比用手画出来的景物逼真得多，则照相应该比绘画更贵了。然而照相终是照相，近来虽有进步的美术照相，但严格地说来，美术照相只能算是摄制的艺术，不能视为纯正的艺术。理由很长，简言之：因为照相中缺乏人的心的活动，故不能成为正格的艺术。画家所画的梅花，是舍弃梅花的不美的点，而仅取其美的点，又助长其美，而表现在纸上的。换言之，画中的梅花是理想化的梅花。画中可以行理想化，而照相中不能。模仿与理想化——此二者为艺术成立的最大条件。亚理斯多德的话，偏重了模仿而疏忽了理想化，所以也不是健全的学说。

以上所说，是古代最著名的三家的美学说。近代的思想家，对于美有什么新意见呢？德国有真善美合一说及美的独立说，二说正相反对。略述如下：

近代德国美学家包姆加敦[鲍姆加登（Baumgarten，1714—1762）]说："圆满之物诉于我们的感觉的时候，我们感到美。"这句话道理很复杂了。所谓圆满，必定有种种的要素。例如梅花，仅乎五个圆圈，不能称为圆满。必有许多花，又有蕊，有枝，有干，或有盆。总之，不是单纯而是复杂的。

但一味复杂而没有秩序，例如在纸上乱描了几百个圆圈，又不能称为圆满，不成为画。必须讲究布置，还有统一，方可称为圆满。故换言之，圆满就是"复杂的统一"。做人也是如此的：无论何等善良的人，倘过于率直或过于曲折，绝不能有圆满的人格。必须有丰富的知识与感情，而又有统一的见解的人，方能具有圆满的人格。我们用意志来力求这圆满，就是"善"；用理知来认识这圆满，就是"真"；用感情来感到这圆满，就是"美"。故真、美、善，是同一物。不过或诉于意志，或诉于理知，或诉于感情而已。——这叫作真善美合一说。

反之，德国还有温克尔曼（Wincklemann，1717—1768）和雷迅[莱辛（Lessing，1729—1781）]两人，完全反对包姆加敦，说美是独立的。他们说："美与真善不同。美全是美，除美以外无他物。"

但近代美学上最重要的学说是"客观说"与"主观说"的二

反对说，前者说美在于（客观的）外物的梅花上，后者说美在于（主观的）看梅花的人的心中。这种问题的探究，很有趣味，现在略述之如下：

美的客观说，始创于英国。英国画家霍格斯①说："物的形状，由种种线造成。线有直线与曲线。曲线比直线更美。"现今研究裸体画的人，有"曲线美"之说。这话便是霍格斯所倡用的。霍格斯说："曲线所成的物，一定美观。故美全在于事物中。"倘问他："梅花为什么是美的？"他一定回答："因为它有很好的曲线。"

美的客观说的提倡者很多。就中有的学者，曾指定美的具体的五条件，说法更为有趣。今略为申说之：

第一，形状小的——美的事物，大抵其形状是小的。女人比男人，身体大概较小。故女人大概比男人为美。英语称女性为fairsex，即"美性"。中国文学中描写美人多用小字，例如"娇小""生小"，称女子为"小姐""小鬟"，女子的名字也多用"小红""小苹"等。因为小的大都可爱。孩子们欢喜洋团团，大人们欢喜宝石、象牙细工，大半是因其小而可爱的缘故。我们看了梅花觉得美，也半是为了梅花形小的缘故。假

<hr />

① 贺加斯（Hogarth，1697—1764）

如有像伞一般大的梅花，我们见了一定只觉得可惊，不感到美。我们看见婴孩，总觉得可爱。但假如婴孩同白象一样大，我们就觉得可怕了。

第二，表面光滑的——美的事物，大概表面光滑。这也可先用美人来证明。美人的第一要件是肌肤的光泽。故诗词中有"玉体""玉肌""玉女"等语。我们所以爱玉，爱宝，爱大理石，爱水晶，也是爱它们的光滑。爱云，爱雪，爱水，也是为了洁净无瑕的缘故。化妆品——雪花膏，生发油、蜜，大都是以肤发光滑为目的的。

第三，轮廓为曲线的——这与霍格斯所说相同。曲线大概比直线为可爱。试拿一个圆的玩具和一个方的玩具同时给小孩子看，请他选择一件，他一定取圆的。人的颜面，直线多而棱角显然，不及曲线多而带圆味的好看。矗立的东洋建筑，上端加一圆的dome（圆屋顶），比平顶的好看得多。西湖的山多曲线，故优美。云与森林的美，大半在于其周围的曲线。美人的脸必由曲线组成。下端圆肥而膨大的所谓"瓜子脸"，有丰满之感；上端膨大而下端尖削的"倒瓜子脸"，有清秀之感。孩子的脸中倘有了直线，这孩子一定不可爱。

第四，纤弱的——纤弱与小相类似，可爱的东西，大概是弱的。例如鸟、白兔、猫，大都是弱小的。在人中，女子比男子弱，小孩比大人弱。弱了反而可爱。

第五，色彩明而柔的——色彩的明，换言之，就是白的，淡的。谚云"白色隐七难"，故女子都欢喜擦粉。色的柔，就是明与暗的程度相差不可过多。由明渐渐地暗，或由暗渐渐地明，称为"柔的调子"。柔的调子大都是美的。物体受着过强的光，或过于接近光源，其明暗判然，即生刚调子。刚调子不及柔调子的美观。窗上用窗帏，电灯泡用毛玻璃，便是欲减弱光的强度，使光匀和，在室中的人物上映成柔和的调子。女子不喜立在灯的近旁或太阳光中，便是欲避去刚调子。太阳下的女子罩着薄绢的彩伞，脸上的光线异常柔美。

我们倘问这班学者："梅花为什么是美的？"他们一定回答："梅花形小，瓣光泽，由曲线包成，纤弱，色又明柔，故美。"这叫作"美的客观说"。这的确有充实的理由。

反之，美的主观说，始倡于德国。康德（Kant，1724—1804）便是其大将。据康德的意见，美不在于物的性质，而在于自己的心如何感受。这话也很有道理，人们都觉得自己的子女可爱，故有语云："癞痢头儿子自己的好。"人们都觉得自己的恋人可爱，故有语云："情人眼里出西施。"这种话中，含有很深的真理。法兰西的诗人波独雷尔[波德莱尔（Baudelaire）]有一首诗，诗中描写自己死后，尸骸上生出蛆虫来，其蛆虫非常美丽。可知心之所爱，蛆虫也会美起来。我们站在梅花前面，而感到梅花的美，并非梅花的美，正是因为我们怀着欣赏的心的缘故。作《暗香》《疏影》的姜白石站在梅花前面，其所见的美一定比我们更多。计算梅花有几个瓣与几个蕊的博物学者，对梅花全不感到其美。挑了盆梅而在街上求售的卖花人，只觉得重的担负。

感到美的时候，我们的心情如何？极简要地说来，即须舍弃理智的念头而仅用感情来迎受。美是要用感情来感到的。博物先生用了理知之念而对梅花，卖花人用了功利之念而对梅花，故均不能感到其美。故美的主观说，是不许人们想起物的用途与目的的。这与前述的苏格拉底的实用说恰好相反，但这当然是比希腊的时代更进步的思想。

康德这学说，名为"无关心说"（"disinterestedness"）。

无关心，就是说在美的创作或鉴赏的时候不可想起物的实用的方面，描盆景时不可专想吃苹果，看展览会时不可专想买画，而用欣赏与感叹的态度，把自己的心没入对象中。

以上所述的客观说与主观说，是近代美学上最重要的二反对说。每说各有其根据。禅家有"幡动，心动"的话，即看见风吹幡动的时候，一人说是幡动，又一人说是心动。又有"钟鸣，撞木鸣"的话，即敲钟的时候，或可说钟在发音，或可说是撞木在发音。究竟是幡动抑心动，钟鸣抑撞木鸣？照我们的常识想来，两者不可分离，不能偏说一边，这是与"鸡生卵，卵生鸡"一样的难问题。应该说："幡与心共动，钟与撞木共鸣。"这就是德国的席勒尔①的"美的主观融合说"。

融合说的意见：梅花原是美的。但倘没有能领略这美的心，就不能感到其美。反之，颇有领略美感的心，而所对的不是梅花而是一堆鸟粪，也就不能感到美。故美不能仅用主观或仅用客观感得。二者同时共动，美感方始成立。这是最充分圆满的学说，世间赞同的人很多。席勒尔以后的德国学者，例如海格尔②、叔本华（Schopenhauer）、哈特曼（Hartmann）等，都是信从这融合说的。

以上把古来关于美的最著名的学说大约说过了，但这不过是美的外部的情状，不是美本身的滋味。美的滋味，在口上与笔上绝不能说出，只得由各人自己去实地感受了。

---

① 席勒（Schiller，1759—1805）。

② 黑格尔（Hegel）。

一叶落知天下秋

从梅花说到艺术

"寻常一样窗前月，才有梅花便不同。"不同在于何处？我们只能感到而不能说出。只是像吃糖一般地感到一下子甜，而无以记录站在窗前所切实地经验的这微妙的心情，我们总不甘心。于是就有聪明的人出来，煞费苦心地设法表现这般心情。这等人就是艺术家，他们所作的就是艺术。

对于窗前的梅花，在我们只能观赏一下，至多低回感叹一下。但在宋朝的梅花画家杨无咎，就处处是杰作的题材；在词人姜白石，可为《暗香》《疏影》的动机。我们看了梅花的横幅，读了《暗香》《疏影》，往往觉得比看到真的梅花更多微妙的感动，于此可见艺术的高贵！我有时会疏慢地走过篱边，而曾不注意于篱角的老梅，有时虽注意了，而并无何等浓烈的感兴。但窗间的横幅，可在百忙之中牵惹我的眼睛，使我注意到梅的清姿。可见凡物一入画中便会美起来。梅兰竹菊，实物都极平常。真的梅树不过是几条枯枝，真的兰叶不过是一种大草，真的竹叶散漫不足取，真的菊花与无名的野花也没有什么大差别；经过了画家的表现，方才美化而为四君子。这不是横幅借光梅花的美，而是梅花借光横幅的美。梅花受世人的青眼，全靠画家的提拔。世间的庸人俗子，看见了梅兰竹菊都会啧啧称赏，其实他们何尝自能发现花卉的美！他们听见画家有四君子之作，因而另眼看待它们。另眼看待之后，自然对于它们特别注意；特别注意的结果，也会渐渐地发现其可爱了。

我自己便是一个实例。我幼年时候，看见父亲买兰花供在堂前，心中常是不解他的用意。在我看来，那不过是一种大草，种在盆里罢了，怎么值得供在堂前呢？后来年纪稍长，有一天偶然看见了兰的画图，觉得其浓淡肥瘦、交互错综的线条，十分美秀可爱，就恍然悟到了幼时在堂前见惯的"种在盆里的大草"。自此以后，我看见真的兰花，就另眼看待而特别注意，结果觉得的确不错，于是"盆里的大草"就一变而为"王者之香"了。世间恐怕不乏我的同感者呢。

有人说：人们不是为了悲哀而哭泣，乃为了哭泣而悲哀的。在艺术上也有同样的情形，人们不是感到了自然的美而表现为绘画，乃表现了绘画而感到自然的美。换言之，绘画不是模仿自然，自然是模仿绘画的。

英国诗人王尔德（1856—1900）有"人生模仿艺术"之

说。从前的人，都以为艺术是模仿人生的。例如文学描写人生，绘画描写景物。但他却深进一层，说"人生模仿艺术"。小说可以变动世间的人的生活，图画可以变动世间的人的相貌。"人生模仿艺术"之说，绝不是夸张的。理由说来很长，不是这里所可猎涉。简言之，因为艺术家常是敏感的，常是时代的先驱者。世人所未曾做到的事，艺术家有先见之明。所以艺术家创造未来的世界，众人当然跟了他实行。艺术家创造未来的自然，自然也会因了培养的关系而跟了他变形。梅花经过了杨无咎与姜白石的描写，而渐渐地美化。今日的梅花，一定比宋朝以前的梅花美丽得多了。

我们再来欣赏梅花吧。在树上的是梅花的实物，在横幅中的是梅花的画，在文学中的是梅花的词。画与词都是艺术品。艺术品是因了材料而把美具体化的。材料不同，有的用纸，有的用言语，有的用大理石，有的用音，即成为绘画、文学、雕刻、音乐等艺术。无论哪一种艺术，都是借一种物质而表现，而诉于我们的感觉的。

我们先看梅花的画，次读《暗香》《疏影》的词，就觉得滋味完全不同。即绘画中的梅花与文学中的梅花，表现方法完全不同。绘画中描出梅花的形状，诉于我们的视觉，而在我们心中唤起一种美的感情。文学却不然：并没有梅花的形状，而只有一种话，使我们读了这话而在心中浮出梅花的姿态来。试读《暗香》：

　　旧时月色，算几番照我，梅边吹笛。唤起玉人，不管清寒与攀摘。何逊而今渐老，都忘却春风词笔。但怪得、竹外疏花，香冷入瑶席。江国正寂寂，叹寄与路遥，夜雪初积。翠尊易泣，红萼无言耿相忆。长记曾携手处，千树压、西湖寒碧。又片片吹尽也，几时见得？

"旧时月色，算几番照我，梅边吹笛"数句，可使人脑中浮出一片月照梅花的景象，和许多梅花以外的背景（月，笛，我）。读到"竹外疏花，香冷入瑶席"，恍然思起幽静别院的雅会。读到"千树压、西湖寒碧"，又梦见一片香雪成海的孤山的景色。再读《疏影》：

　　苔枝缀玉，有翠禽小小，枝上同宿。客里相逢，篱角黄昏，无言自倚修竹。昭君不惯胡沙远，但暗忆、江南江北。想环佩、月夜归来，化作此花幽独。犹记深宫旧事，那人正睡里，飞近蛾绿。莫似春风，不管盈盈，早与安排金屋。还教一片随波去，又却怨玉龙哀曲。等恁时、重觅幽香，已入小窗横幅。

"篱角黄昏，无言自倚修竹"，可使人想起岁寒三友图的一部。读到"已入小窗横幅"，方才活现地在眼前呈出一幅吴昌硕笔的梅花图。在这里可以悟到文学与造型美术（绘画、雕刻等）的不同。绘画与雕刻确是诉于感觉的艺术，但文学并不诉于感觉。文学只是用一种符号（文字）来使我们想起梅花的印象。例如我们看见"梅"之一字，从"梅"这字的本身上并不能窥见梅花的姿态。只因为看见了"梅"字之后，我们就会想起这字所代表的那种花，因而脑中浮出关于这花的回忆来。倘用心理学上的专词来说，这是用"梅"的一种符号来使我们脑中浮出梅花的"表象"。所以文学中的梅花，与绘画中的梅花全然不同，绘画是诉于"感觉"的，文学是诉于"表象"的。

　　表象艺术所异于感觉艺术的，是其需要理智的要素。例如"梅花开"，是"梅花"的表象与"开"的表象的结合。必须用理智来想一想这两个表象的关系，方才能知道文学所表现的意味。且文学中不但要表象，又需概念与观念。例如说"梅"所浮出的梅花的表象，必是从前在某处看见过的梅花。即从前的经验具象地浮出在脑际。这便是"表象"。但倘不说梅兰竹菊，而仅说一个"花"字，则脑中全然不能浮出一种具象的东西，只是一种漠然的、共通的抽象的花。这便是"概念"。又如不说梅或花，而说一抽象的"美"字，这便是"观念"。"旧时月色"的"旧时"，"不管清寒"的"清寒"，都是观念。"善恶""运命""幸福""和平"……都是观念。观念绝不能具象地浮出在我们的脑中，只能使我们做论理的"思考"。

但在绘画上，就全然不同了。例如这里挂着一幅梅妻鹤子图。画中描一位林和靖先生，一只鹤和梅树。我们看这幅画时，虽然也要理智的活动，例如想起这是宋朝的处士林和靖先生，他是爱梅花和鹤的……但看画，仍以感觉为主。处士的风貌与梅鹤的样子，必诉于我们的眼。即绘画的本质仍是诉于我们的感觉的。理智的活动，不过是暂时的，一部分的，表面的。绝不像读到"只因误识林和靖，惹得诗人说到今"的诗句时的，始终深入于理智的思考中。

——选自丰子恺《艺术趣味》 （有删节）

祭灶

世事之乐不在于实行而在于希望，犹似风景之美不在其中而在其外。身入其中，不但美即消失，还要生受苍蝇、毛虫、啰唣与肉麻的不快。世间苦的根本就在于此。

不畏浮云遮望眼 自缘身在最高层

送灶

从腊月二十日起，每天吃夜饭时光，街上叫"火烛小心"。一个人"蓬蓬"地敲着竹筒，冂中高叫："寒天腊月！火烛小心！柴间灰堆！灶前灶后！前门闩闩！后门关关！……"这声调有些凄惨。大家提高警惕。我家的贴邻是王囡囡豆腐店，豆腐店日夜烧砻糠，火烛更为可怕。然而大家都说不怕，因为明朝时光刘伯温曾在这一带地方造一条石门槛，保证这石门槛以内永无火灾。

廿三日晚上送灶，灶君菩萨每年上天约一星期，廿三夜上去，大年夜回来。这菩萨据说是天神派下来监视人家的，每家一个。大约就像政府委任官吏一般，不过人数（神数）更多。他们高踞在人家的灶山上，嗅取饭菜的香气。每逢初一、月半，必须点起香烛来拜他。廿三这一天，家家烧赤豆糯米饭，先盛一大碗供在灶君面前，然后全家来吃。吃过之后，黄昏时分，父亲穿了大礼服来灶前膜拜，跟着，我们大家跪拜。拜过之后，将灶君的神像从灶山上请下来，放进一顶灶轿里。这灶轿是白天从市上买来的，用红绿纸张糊成，两旁贴着一副对联，上写"上天奏善事，下界保平安"。我们拿些冬青柏子，插在灶轿两旁，再拿一串纸做的金元宝挂在轿上，又拿一点糖塌饼来，粘在灶君菩萨的嘴上。这样一来，他上去见了天神，黏嘴黏舌的，说话不清楚，免得把人家的恶事全盘说出。于是父亲恭恭敬敬地捧了灶轿，捧到大门外去烧化。烧化时必须抢出一只纸元宝，拿进来藏在橱里，预祝明年有真金元宝进门之意。送灶君上天之后，陈妈妈就烧菜给父亲下酒，说这酒菜味道一定很好，因为没有灶君先吸取其香气。父亲也笑着称赞酒菜好吃。我现在回想，他是假痴假呆、逢场作乐。因为他中了这末代举人，科举就废，不得伸展，蜗居在这穷乡僻壤的蓬门败屋中，无以自慰，唯有利用年中行事，聊资消遣，亦"四时佳兴与人同"之意耳。

廿三送灶之后，家中就忙着打年糕。这糯米年糕又大又韧，自己不会打，必须请一个男工来帮忙。这男工大都是陆阿二，又名五阿二。因为他姓陆，而他的父亲行五。两枕"当家年糕"，约有三尺长；此外许多较小的年糕，有二尺长的，有一尺长的；还有红糖年糕，白糖年糕。此外是元宝、百合、橘子等种种小摆设，这些都由母亲和姐姐们去做。我也洗了手去参加，但总做不好，结果是自己吃了。姐姐们又做许多小年糕，形式仿照大年糕，是预备廿七夜过年时拜小年菩萨用的。

（节选自《过年》一文）

置酒庆岁丰

寒假

寒假中，诸儿齐集缘缘堂，任情游戏，笑语喧阗。堂前好像每日做喜庆事。有一儿玩得疲倦，欹藤床少息，随手翻检床边柱上日历，愀然改容叫道："寒假只有一星期了！假期作业还未动手呢！"游戏的热度忽然为之降低。另一儿接着说："我看还是未放假时快乐，一放假就觉得不过如此，现在反觉得比未放时不快了。"这话引起了许多人的同情。

我虽不是学生，并不参与他们的假期游戏，但也是这话的同情者之一人。我觉得在人的心理上，预想往往比实行快乐。西人有"胜利的悲哀"之说。我想模仿他们，说"实行的悲哀"，由预想进于实行，由希望变为成功，原是人生事业展进的正道。但在人心的深处，奇妙地存在着这种悲哀。

现在就从学生生活着想，先举星期日为例。凡做过学生的人，谁都能首肯，星期六比星期日更快乐。星期六的快乐的原因，原是为了有星期日在后头；但是星期日的快乐的滋味，却不在其本身，而集中于星期六。星期六午膳后，课业未了，全校已充满着一种弛缓的空气：有的人预先做归家的准备，有的人趁早做出游的计划！更有性急的人，已把包裹洋伞整理在一起，预备退课后一拿就走了。最后一课毕，退出教室的时候，欢乐的空气更加浓重了。有的唱着歌出来，有的笑谈着出来，年幼的跳舞着出来。先生们为环境所感，在这些时候大都暂把校规放宽，对于这等骚乱伴作不见不闻。其实他们也是真心地爱好这种弛缓的空气的。星期六晚上，学校中的空气达到了弛缓的极度。这晚上不必自修，也不被严格地监督。学生可以三三五五，各行其游息之乐。出校夜游一会儿也不妨，买些茶点回到寝室里吃也不妨，迟一点儿睡觉也不妨。这一黄昏，可说是星期日的快乐的最中了。过了这最中，弛缓的空气便开始紧张起来。因为到了星期日早晨，昨天所盼望的佳期已实际地达到，人心中已开始生出那种"实行的悲哀"来了。这一天，或者天气不好，或者人事不巧，昨日所预定的游约没有畅快地遂行，于是感到一番失望。即使天气好，人事巧，到了兴尽归校的时候，也不免尝到一种接近于"乐尽哀来"的滋味。明日的课业渐渐地挂上了心头，先生的脸孔隐约地出现在脑际，一朵无形的黑云，压迫在各人的头上了。而在游乐之后重新开始修业，犹似重新挑起曾经放下的担子来走路，起初觉得分量格外重些。于是不免懊恨起来，觉得还是没有这星期日好，原来星期日之乐是绝不在星期日的。

其次，毕业也是"实行的悲哀"之一例。学生入学，当然是希望毕业的。照事理而论，毕业应是学生最快乐的时候。但人的心情却不然：毕业的快乐，常在于未毕业之时；一毕业，快乐便消失，有时反而来了悲哀。只有将毕业而未毕业的时候，学生才能真正地、浓烈地尝到毕业的快乐的滋味。修业期只有几个月了，在校中是最高级的学生了，在先生眼中是出山的了，在同学面前是老前辈了。这真是学生生活中最光荣的时期。加之毕业后的新世界的希望，"云路""鹏程"等词所暗示的幸福，隐约地出现在脑际，无限地展开在预想中。这时候的学生，个个是前程远大的新青年，个个是有作有为的好国民。不但在学生生活中，恐怕在人生中，这也是最光荣的时期了。然而果真毕了业怎样呢？告辞良师，握别益友，离去母校，先受了一番感伤且不去说它。出校之后，有的升学未遂，有的就职无着。即使升了学，就了职，这些新世界中自有种种困难与苦痛，往往与未毕业时所预想者全然不符。在这时候，他们常常要羡慕过去，回想在校时何等自由，何等幸福，巴不得永远做未毕业的学生了。原来毕业之乐是绝不在毕业上的。

进一步看，爱的欢乐也是如此。男子欲娶未娶，女子欲嫁未嫁的时候，其所感受的欢喜最为纯粹而十全。到了实行娶嫁之后，前此之乐往往消减，有时反而来了不幸。西人言"结婚是恋爱的坟墓"，恐怕就是这"实行的悲哀"所使然的吧？富贵之乐也是如此。欲富而刻苦积金，欲贵而努力钻营的时候，是其人生活兴味最浓的时期。到了既富既贵之后，若其人的人性未曾完全丧尽，有时会感懊丧，觉得富贵不如贫贱乐了。《红楼梦》里的贾政拜相，元春为贵妃，也算是极人间荣华富贵之乐了。但我读了大观园省亲时元妃隔帘对贾政说的一番话，觉得人生悲哀之深，无过于此了。

人事万端，无从一一细说。忽忆从前游西湖时的一件小事，可以旁证一切。前年早秋，有一个风清日丽的下午，我与两位友人从湖滨泛舟，向白堤方面荡漾而进。俯仰顾盼，水天如镜，风景如画，为之心旷神怡。行近白堤，远远望见平湖秋月突出湖中，几与湖水相平。旁边围着玲珑的栏杆，上面覆着参差的杨柳。杨柳在日光中映成金色，清风摇摆它们的垂条，时时拂着树下游人的头。游人三三两两，分列在树下的茶桌旁，有相对言笑者，有凭栏共眺者，有翘首遐观者，意甚自得。我们从船中望去，觉得这些人尽是画中人，这地方正是仙源。我们原定绕湖兜一圈子的，但看见了这般光景，大家眼热起来，痴心欲身入这仙源中去做画中人了。就命舟人靠平湖秋月停泊，登岸选择座位。以前翘首遐观的那个人就跟过来，垂手侍立在侧，叩问："先生，红的？绿的？"我们命他泡三杯绿茶。其人受命而去。不久茶来，一只苍蝇浮死在茶杯中，先给我们一个不快。邻座相对言笑的人大谈麻雀经，又给我们一种啰唆。凭栏共眺的一男一女鬼鬼祟祟，又使我们感到肉麻。最后金色的垂柳上落下几个毛虫来，就把我们赶走。匆匆下船回湖滨，连绕湖兜圈子的兴趣也消失了。在归舟中相与谈论，大家认为风景只宜远看，不宜身入其中。现在回想，世事都同风景一样。世事之乐不在于实行而在于希望，犹似风景之美不在其中而在其外。身入其中，不但美即消失，还要生受苍蝇、毛虫、啰唆与肉麻的不快。世间苦的根本就在于此。

折取一枝城里去　教人知道是春深

除夕

年已经过了！父亲派工人送叶心哥哥归家。我们送他出了门，各自去睡觉。我梦到『美意延年』的画境里，在那松下海边盘桓了多时。醒来时，元旦的初阳已照在我的床上了。

冬日街头

除夕

　　廿七夜过年，是个盛典。白天忙着烧祭品：猪头、全鸡、大鱼、大肉，都是装大盘子的。吃过夜饭之后，把两张八仙桌接起来，上面供设"六神牌"，前面围着大红桌围，摆着巨大的锡制的香炉蜡台。桌上供着许多祭品，两旁围着年糕。我们这厅屋是三家公用的，我家居中，右边是五叔家，左边是嘉林哥家，三家同时祭起年菩萨来，屋子里灯火辉煌，香烟缭绕，气象好不繁华！三家比较起来，我家的供桌最为体面。何况我们还有小年菩萨，即在大桌旁边设两张茶几，也是接长的，也供一位小菩萨像，用小香炉蜡台，设小盆祭品，竟像是小人国里的过年。记得那时我所欣赏的，是"六神牌"和祭品盘上的红纸盖。这六神牌画得非常精美，一共六版，每版上画好几个菩萨，佛、观音、玉皇大帝、孔子、文昌帝君、魁星……都包括在内。平时折好了供在堂前，不许打开来看，这时候才展览了。祭品盘上的红纸盖，都是我的姑母剪的，"福禄寿喜""一品当朝""平升三级"等字，都剪出来，巧妙地嵌在里头。我那时只七八岁，就喜爱这些东西，这说明我对美术有缘。

绝大多数人家廿七夜过年。所以这晚上商店都开门，直到后半夜送神后才关门。我们约伴出门散步，买花炮。花炮种类繁多，我们所买的，不是两响头的炮仗和劈劈啪啪的鞭炮，而是雪炮、流星、金转银盘、水老鼠、万花筒等好看的花炮。其中万花筒最好看，然而价贵不易多得。买回去在天井里放，大可增加过年的喜气。我把一串鞭炮拆散来，一个一个地放。点着了火立刻拿一个罐头来罩住，"咚"的一声，连罐头也跳起来。我起初不敢拿在手里放。后来经乐生哥哥（关于此人另有专文）教导，竟胆敢拿在手里放了。两指轻轻捏住鞭炮的末端，一点上火，立刻把头旋向后面。渐渐老练了，即行若无事。

正在放花炮的时候，隔壁谭三姑娘送万花筒来了。这谭三姑娘的丈夫谭福山，是开炮仗店的。年年过年，总是特制了万花筒来分送邻居，以供新年添兴之用。此时谭三姑娘打扮得花枝招展，声音好比莺啼燕语。厅堂里的空气忽然波动起来。如果真有年菩萨在尚飨，此时恐怕都"停杯投箸不能食"了。

夜半时分，父亲在旁边的半桌上饮酒，我们陪着他吃饭。直到后半夜，方才送神。我带着欢乐的疲倦躺在床上，钻进被窝里，蒙眬之中听见远近各处炮竹之声不绝，想见这时候石门湾的天空中，定有无数年菩萨餍足了酒肉，腾空驾雾归天去了。

"廿七、廿八活急杀，廿九、三十勿有拉①，初一、初二扮睹客，你没铜钱我有拉②。"这是石门湾人形容某些债户的歌。年中拖欠的债，年底要来讨，所以到了廿七、廿八，便活急杀。到了廿九、三十，有的人逃往别处去避债，故曰勿有拉。但是有些人有钱不肯还债，要留着新年里自用。一到元旦，照例不准讨债，他便好公然地扮睹客，而且慷慨得很了。我家没有这种情形，但是总有人来借掇，也很受累。况且家事也忙得很：要掸灰尘，要祭祖宗，要送年礼。倘是月小，更加忙迫了。

年底这一天，是准备通夜不眠的。店里早已摆出风灯，插上岁烛。吃年夜饭时，把所有的碗筷都拿出来，预祝来年人丁兴旺。吃饭碗数，不可成单，必须成双。如果吃三碗，必须再盛一次，哪怕盛一点点也好，总之要凑成双数。吃饭时母亲分送压岁钱，我得的记得是四角，用红纸包好。我全部用以买花炮。吃过年夜饭，还有一出滑稽戏呢。这叫作"毛糙纸揩洼"。"洼"就是屁股。一个人拿一张糙纸，把另一人的嘴揩一揩。意思是说：你这嘴巴是屁股，你过去一年中所说的不祥的话，例如"要死"之类，都等于放屁。但是人都不愿被揩，尽量逃避。然而揩的人

很调皮，出其不意，突如其来，哪怕你极小心的人，也总会被
揩。有时其人出前门去了，大家就不提防他。岂知他绕个圈子，
悄悄地从后门进来，终于被揩了去。此时笑声、喊声充满了一
堂。过年的欢乐空气更加浓重了。

于是陈妈妈烧起火来放"泼留"。把糯米谷放进热镬子里，
一只手用铲刀①搅拌，一只手用箬帽遮盖。那些糯谷受到热度，
爆裂开来，若非用箬帽遮盖，势必纷纷落地，所以必须遮盖。放
好之后，拿出来堆在桌子上，叫大家拣泼留。"泼留"两字应该
怎样写，我实在想不出，这里不过照声音记录罢了。拣泼留，就
是把砻糠拣出，剩下纯粹的泼留，新年里客人来拜年，请他吃糖
汤，放些泼留。我们小孩子也参加拣泼留，但是一面拣，一面
吃。一粒糯米放成蚕豆来大，像朵梅花，又香又热，滋味实在好
极了。

黄昏，渐渐有人提了灯笼来收账了。我们就忙着"吃串"。
听来好像是"吃菜"。其实是把每一百铜钱的串头绳解下来，取
出其中三四文，只剩九十六七文，或甚至九十二三文，当作一百
文去还账。吃下来的"串"，归我们姐弟们做零用。我们用这些
钱还账，但我们收来的账，也是吃过串的钱。店员经验丰富，一

---

① 铲刀，指锅铲。

看就知道这是"九五串"，那是"九二串"的。你以伪来，我以伪去，大家不计较了。这里还得表明：那时没有钞票，只有银洋、铜板和铜钱。银洋一元等于三百个铜板，一个铜板等于十个铜钱。我那时母亲给我的零用钱，是每天一个铜板即十文铜钱。我用五文买一包花生，两文买两块油沸豆腐干，还有三文随意花用。

　　街上提着灯笼讨账的，络绎不绝。直到天色将晓，还有人提着灯笼急急忙忙地跑来跑去。这只灯笼是千万少不得的。提灯笼，表示还是大年夜，可以讨债；如果不提灯笼，那就是新年元旦，欠债的可以打你几记耳光，要你保他三年顺境。因为大年初一讨债是禁忌的。但这时候我家早已结账，关店，正在点起香烛迎接灶君菩萨。此时通行吃接灶圆子。管账先生一面吃圆子，一面向我母亲报告账务。说到盈余，笑容满面。母亲照例额外送他十只银角子，给他"新年里吃青果茶"。他告别回去，我们也收拾，睡觉。但是睡不到两个钟头，又得起来，拜年的乡下客人已经来了。

（节选自《过年》一文）

贺年

　　十二月三十一日的清晨，我被弟弟的声音惊醒。他一早起身，正在隔壁房里且跳且叫："日历只有一张了！过年了！大家快点起来过年！"随后是姆妈①喊住他的声音："如金！静些儿！爸爸被你打搅②了！你已是高小学生，五年级读了半年了，怎么还是这般孩儿气，清早上大声叫跳？"弟弟静了下来，接着低声地向姆妈要新日历看。我连忙披衣起床，心中想：这回是今年最后一次的起床，明天便是新年例假了。这一想使我不怕冷，衣裳穿得格外快些。但回想姆妈对弟弟说的话，又想到我六年级已读了半年，再过半年要毕业了，不知能不能……有些儿担心。

　　我一面扣衣纽，一面走进姆妈房中。看见日历上果然只挂着单薄薄的一张纸，样子怪可怜的。弟弟捧着一册新日历，正在窗前玩弄。我走近去一看，只见厚厚的一刀日历，用红纸封好

---

①　姆妈，作者家乡一带的方言，即妈妈。

②　打搅，作者家乡方言，意即吵醒。

了，装在一片硬纸板上。纸板上端写着某香烟公司的店号。店号下面描着图案，图案中央作一长方形的圈子，圈子里面印着一个电影明星的照片。不知是胡蝶①，还是徐来②，我可认不得。但见她侧着头，扭着腰，装着手势，扁着嘴，欲笑不笑，把眼睛斜转来向我看。好像我们校里那个顽皮的金翠娥躲在先生的背后装鬼脸。我立刻旋转头，走下楼去洗脸。我们吃过早粥，赴校的时候，弟弟叮咛地关照姆妈，最后一张日历要让他回来撕，新日历要让他回来开。姆妈笑着答允了。

我们上完了今年最后一天的课，高兴地回到家里。弟弟放了书包就奔上楼，想去撕日历。但被爸爸阻住了。爸爸正坐在窗前的桌子旁边看画册。桌上供着一盆水仙花，一瓶天竹，一对红蜡烛，一只铜香炉，和一只小自鸣钟。——这般景象，我似觉以前曾经看到过，但是很茫然了。仔细一想，原来正是去年今日的事！种种别的回忆便跟了它浮出到我的脑际来。

爸爸对弟弟说："今天是今年最后的一天，我们不要草草过去。我们大家来守岁，到夜半才睡觉。日历也要到夜半才可撕。在夜里，我们还要做游戏，讲故事，烧年糕吃呢！"弟弟听了又跳起来，叫起来。爸爸拉住他的臂膊说："不要性急，今年还有

① 当时的电影明星
② 当时的电影明星

225

八个钟头呢。你们乘这时候先画一张贺片，向你们的最好的朋友贺年。"

"好，好，好。"我们答应着，抢先飞奔下楼，向书包里去拿画具。途中我记起了：去年图画课中华先生叫我们画贺片，我画一只猪猡，同学们说"难看，难看"，华先生偏说"好看"。他说："你们为什么看轻猪猡？你们不是爱吃它的肉吗？"后来我告诉爸爸，爸爸说："因为中国画家向来不画猪猡，所以大家看不惯。其实也没啥，不过样子不及兔子、山羊那般玲珑罢了。"今年不知应该画什么动物了，等会儿问问爸爸看。

我们把画具端到楼上，放在东窗下的桌上，开始画贺片了。画些什么呢？我就问爸爸明年是什么年。爸爸说明年是丙子年，子年可以画个老鼠。但我所发现的题材，被弟弟抢了去。他说："我画老鼠！老鼠拉车子！昨天我在《小人国》里看见过的。"我同他论理，但他连说"对起，对起，对起，对起"，管自拿铅笔打稿子了。"对起"就是"对不起"，是他近来的口头禅。他每逢自知不合而又不舍得放弃的时候，便这样说。我知道他已热心于画老鼠拉车了，就让让他吧。但是我自己画什么呢？想了好久，记得以前华先生教我们画花的图案，我画得很高兴。现在就画些花的图案吧。

我的颜料没有上完，弟弟已经画好，拿去请爸爸看了。我赶快完成，也拿过去。但见爸爸拿着剪刀正在裁剪弟弟的画纸。一面说着："你画老鼠拉车，不可画得太高。下面剪掉些，上面多留些空地写字吧。"剪成了明信片样的一张，他又说，"上面太空，添描一个很长的马鞭吧。"弟弟抢着说："本来是有马鞭的，我忘记了！"爸爸就用指爪在贺片上划一个弯弯的线痕，叫他照样去画。爸爸看了我的画，说："很好看；但你可用更深的红在花瓣上做个轮廓，用更深的绿在叶子上做个轮廓。那么，深红配淡红，深绿配淡绿，好看得多。这叫作'同类色调和'。"我照他所说的去改了。弟弟已经画好马鞭，看看我的画，跳起来说："姐姐用颜料的！不来，不来，我要画过！"就向爸爸嚷着要换。爸爸说："如金！画不一定要用颜料的呀！你姐姐的是'装饰画'，所以用颜料。你的是'记事画'，可以不用颜料。"但弟弟始终不满意，噘起小嘴唇看我的画，连说着"我要画过，我要画过"。这时候姆妈进来了。她听见了弟弟咕噜咕噜，就来看他的画；知道他嫌没有颜料，就对他说："也可以着颜料的。我教你吧：小人的衣服上着红色，小车的轮子上着黄色，老鼠和车子本来是黑色的。"弟弟照姆妈的话做了，觉得果然好看，就笑起来。爸爸衔着香烟，也走过来看，笑着说："很好，很好，全靠姆妈，不然又要闹气了。但我看红色太孤零，没有'呼应'。最好拉车的绳子换了红色。"弟弟又抢着说："原是一根红头绳呀！我在《小人国》里看见的。"于是大家商量改的方法。姆妈对我说："逢春！你帮帮他吧。先用橡皮将黑绳略略擦去，然后用白粉调了红颜料盖上去。"我照姆妈的话给他改。弟弟见我改成功了，又连说"对起，对起，对起，对起"。姆妈说："不要'对起'了，且说你们这两张贺片送给哪个。"我和弟弟齐声说出："送给秋家叶心哥哥。"爸爸说"好"。就教我们写字。姆妈说："写好了大家下来吃夜饭吧。吃过晚饭还要守岁呢。上星期叶心曾说放了年假来守岁，黄昏时他也许会来的。"说过，就先自下楼去了。

弟弟吃饭来得最迟，他手里拿着一封信，封壳上贴着一分邮票，写着"本镇梅花弄八号秋叶心先生收，梅花弄二号柳宅寄"。弟弟匆忙地对我们说："我到邮政局里去寄了这两张贺片再来吃饭。"就飞奔去了。爸爸笑着说："哈哈！还是秋家近，邮政局远呢！"姆妈也说："恐怕信没有到邮政局，人已经来这里了！"

吃过夜饭，我们正在点起红烛，准备守岁的时候，邮差敲门了。我们收到一封城里寄来的信。拆开一看，原来是叶心哥哥从县立初级中学寄来的贺年片。附着一封信，说他要今日晚快①回家，先把贺片寄给我们，晚上他也来我家守岁。我和弟弟欢喜得很，忙将贺片给爸爸看，爸爸啧啧称赞道："到底不愧为美术家的儿子！又不愧为中学生！他的画兼有你们二人的画的好处呢：逢春画两枝花，形式固然美观了；但是内容没有表示新年的意义。如金画只老鼠，内容原有新年的意义了；但是形式好像《小人国》童话书里的插画，不甚适于贺片的装饰。亏得加了一根长马鞭，把'恭贺新禧'等字钩住，还有点图案的意味。现在看到叶心的画，觉得是两全的了。在形式上，松树占了左边；地、海和朝阳占了下边；青云和松叶占了上边，成了三条天然的花边。在内容上，这几种东西又都含有庆贺新年的意思：初升的太阳，常青的松树，高的云，广的海，和活泼出巢的小鸟，没有一样不表出新年的欢乐和青年的希望。题的字也很有意味呢！"我们争问爸爸怎么叫作"美意延年"，他继续说："这是出于《荀子》里的。美意就是快美的心，也可说就是爱美的心。延年就是延长寿命。一个人爱美而快乐，可以康健而长寿。这意思比你们的'恭贺新禧'高明得多了。"我听了觉得脸上有些发热，同时更佩服叶心哥哥的天才了。爸爸又仔细看他的贺片，摇摇头对姆妈说："叶心的美术的确进步了。你看他布置多么匀称：太

---

① 晚快，即傍晚

阳耸得最高的地方，这一行字特地缩短些，交互相补。进中学才半年，就这样进步，这孩子……"姆妈正拿着一本新日历想要去挂。爸爸随手把贺片放在日历上端的电影明星的照片上，说道："咦！大小正好。倘换了这张，好看得多，有意思得多呢。"我本来讨厌这装鬼脸的金翠娥。要挂着了教我看她一年，真有些难受。我连忙赞成爸爸的话，提议把贺片用糨糊粘上。爸爸和姆妈都说"好"，弟弟也说"好"。我就实行我的提议。但把糨糊涂到电影明星的脸上和身上去的时候，我又觉得有些对她不起。旁观的弟弟早已感到这意思，他笑着说："对起，对起，对起，对起！"

不久叶心哥哥来了。他果然还没有收到我们的贺片。我们谢他的贺片，并把爸爸称赞他的话告诉他，羡慕他的美术的进步。他脸孔红了，咬着嘴唇旋转头去，恰好看见了粘在日历上边的贺片。他惊奇地一笑，又转向别处。后来对我们说："待我收到了你们的贺片，把它们镶在镜框里！"

我们这晚做了种种游戏，讲了许多故事，又吃年糕和橘子。直到敲出十二点钟，方才由弟弟撕去最后一张旧日历，打开新日历。年已经过了！父亲派工人送叶心哥哥归家。我们送他出了门，各自去睡觉。我梦到"美意延年"的画境里，在那松下海边盘桓了多时。醒来时，元旦的初阳已照在我的床上了。

图书在版编目（ＣＩＰ）数据

礼俗之美：丰子恺岁时书 / 丰子恺著 .
— 武汉：长江出版社，2020.11
ISBN 978-7-5492-7365-2

Ⅰ．①礼… Ⅱ．①丰… Ⅲ．①散文集—中国—现代②
漫画—作品集—中国—现代 Ⅳ．① I266 ② J228.2

中国版本图书馆 CIP 数据核字（2020）第 227728 号

礼俗之美：丰子恺岁时书 / 丰子恺　著

出　　版	长江出版社	
	（武汉市解放路大道 1863 号　　邮政编码：430010）	
选题策划	天河世纪	
市场发行	长江出版社发行部	
网　　址	http://www.cjpress.com.cn	
责任编辑	钟一丹	
印　　刷	三河市腾飞印务有限公司	
版　　次	2020 年 11 月第 1 版	
印　　次	2021 年 1 月第 1 次印刷	
开　　本	880mm×1230mm　　1/32	
印　　张	7.75	
字　　数	140 千字	
书　　号	ISBN 978-7-5492-7365-2	
定　　价	49.80 元	